westermann

W0351504

Praxis Sprache 8

Baden-Württemberg
Differenzierende Ausgabe

Erarbeitet von Carola Schmidt
Ina Trog
Maria Weber

Ergänzende Materialien für Lehrkräfte

Vorbereiten. Organisieren. Durchführen.
BiBox ist das umfassende Digitalpaket zu diesem Lehrwerk mit zahlreichen Materialien und dem digitalen Schulbuch. Für Lehrkräfte und für Schülerinnen und Schüler sind verschiedene Lizenzen verfügbar. Nähere Informationen unter **www.bibox.schule**

Diagnostizieren. Fördern. Evaluieren.
Die OnlineDiagnose zu diesem Lehrwerk testet die wichtigsten Kompetenzen und erstellt individuelle Fördermaterialien und Arbeitshefte zum Downloaden oder Bestellen. Nähere Informationen unter **www.onlinediagnose.de**

Liebe Schülerinnen und Schüler,

ihr findet in diesem Arbeitsheft vor den Aufgaben die Kennzeichnung von drei Aufgabenbereichen: ▮▯▯, ▯▮▯, ▯▯▮.
So könnt ihr den Schwierigkeitsgrad einer Aufgabe einschätzen und euch daran orientieren.
Natürlich solltet ihr auch versuchen, die schwierigeren Aufgaben zu lösen.

Differenzierung
▮▯▯ = Grundlegender Aufgabenbereich
▯▮▯ = Mittlerer Aufgabenbereich
▯▯▮ = Erweiterter Aufgabenbereich

© 2025 Westermann Bildungsmedien Verlag GmbH, Georg-Westermann-Allee 66, 38104 Braunschweig
www.westermann.de

Das Werk und seine Teile sind urheberrechtlich geschützt. Jede Nutzung in anderen als den gesetzlich zugelassenen bzw. vertraglich zugestandenen Fällen bedarf der vorherigen schriftlichen Einwilligung des Verlages. Nähere Informationen zur vertraglich gestatteten Anzahl von Kopien finden Sie auf www.schulbuchkopie.de.

Für Verweise (Links) auf Internet-Adressen gilt folgender Haftungshinweis: Trotz sorgfältiger inhaltlicher Kontrolle wird die Haftung für die Inhalte der externen Seiten ausgeschlossen. Für den Inhalt dieser externen Seiten sind ausschließlich deren Betreiber verantwortlich. Sollten Sie daher auf kostenpflichtige, illegale oder anstößige Inhalte treffen, so bedauern wir dies ausdrücklich und bitten Sie, uns umgehend per E-Mail davon in Kenntnis zu setzen, damit beim Nachdruck der Verweis gelöscht wird.

Redaktion: Nicole Rösingh, Jemgum-Holtgaste
Illustrationen: Raphaela Doğan, Hans-Jürgen Feldhaus, Evelyn Neuss
Umschlaggestaltung: Janssen Kahlert Design&Kommunikation GmbH
Layout: Janssen Kahlert Design&Kommunikation GmbH
Druck und Bindung: Westermann Druck GmbH, Georg-Westermann-Allee 66, 38104, Braunschweig

Das Arbeitsheft ist in zwei Varianten erhältlich.

Arbeitsheft
ISBN 978-3-14-**126534**-7
Druck A[1] / Jahr 2025

Arbeitsheft mit interaktiven Übungen
ISBN 978-3-14-**145243**-3
Druck A[1] / Jahr 2025

Alle Drucke der Serie A sind im Unterricht parallel verwendbar.

Inhalt

Sprechabsichten erkennen

Sprechabsichten

Kontaktaufnahme: Man begrüßt jemanden, um ein Gespräch zu beginnen oder um dem anderen zu signalisieren, dass man ihn gesehen hat. (*Guten Morgen, ihr beiden.*)
Informierende Sprechabsicht: Man spricht über ein Thema, um etwas sachlich mitzuteilen. (*Melvin hat Schluss gemacht.*)
Appellierende Sprechabsicht: Man fordert den Gesprächspartner durch Ratschläge oder Befehle zu einem bestimmten Handeln bzw. Denken auf oder man bittet ihn um etwas. (*Vergiss den Typen!*)
Expressive Sprechabsicht: Man bringt eigene Gefühle, Hoffnungen, Befürchtungen, Wünsche ... zum Ausdruck. (*Danke, du hast mir sehr geholfen.*)
Selbstdarstellung: Man sagt etwas, um anderen ein positives Bild von sich selbst zu vermitteln. (*Ich habe Melina nur noch kurz geholfen.*)

Oft vermischen sich die Sprechabsichten in einem Gespräch. Dennoch steht bei den meisten Äußerungen eine Sprechabsicht im Vordergrund.

1 Lies das folgende Gespräch aufmerksam. Es enthält verschiedene Sprechabsichten. Markiere diese im Text in verschiedenen Farben:

expressiv **selbstdarstellend** **appellierend** **Kontaktaufnahme** **informierend**

Der Klassenausflug

Jonathan ist krank und konnte nicht zur Schule gehen. Sein Freund Levi ruft ihn nachmittags an:

Jonathan: Hey Levi, was habe ich heute verpasst?
Levi: Hi Jon, geht's dir wieder besser?
Jonathan: Hörst ja meine Stimme. Bis zum Ende der Woche muss ich noch zu Hause bleiben. Aber erzähl. Was war heute so los?
Levi: Frau Kunz hatte endlich das Abstimmungsergebnis für den Klassenausflug dabei. Es war wohl ziemlich knapp. Aber du wirst dich freuen.
Jonathan: Sag schon, wo geht's hin?
Levi: Wir besuchen endlich den Hochseilgarten!
Jonathan: Cool! Wann fahren wir denn?
Levi: Hast du was zu schreiben? Ich lese dir mal vor, was im Elternbrief steht: Der diesjährige Klassenausflug der 8b findet am 06. Mai statt. Wir treffen uns um 08.00 Uhr vor der Schule und fahren dann mit dem Bus zum Hochseilgarten. Bitte denkt daran, feste Schuhe und ausreichend Essen und Trinken mitzunehmen! Bringt außerdem das Eintrittsgeld und den Elternbrief bis Freitag unterschrieben mit. Und so weiter ...
Jonathan: Das wird mega! Ich freue mich total – endlich machen wir mal wieder was zusammen. Warst du nicht letztes Jahr mit deiner Familie dort?
Levi: Ja, genau. Ich klettere total gerne. Bouldern ist ja auch total mein Ding! Und dieses Jahr bin ich endlich alt genug, um auch den schwarzen Parcours zu machen, also den schwierigsten, das wird super!
Jonathan: Levi, danke fürs Anrufen. Jetzt muss ich mich aber wieder hinhauen.
Levi: Dann noch gute Besserung. Aber warte, ich sag dir noch schnell die Matheaufgaben.

2 Lies die folgenden Äußerungen von Levi.
Ordne jeder Äußerung eine passende Sprechabsicht zu:

____

Vergiss nicht, die Hausaufgaben rechtzeitig abzugeben! Sonst gibt's wieder Ärger mit Frau Kunz.

Also ich mache meine Hausaufgaben ja immer gleich nach der Schule. Darum vergesse ich sie auch nicht und muss sie nicht kurz vorher von anderen abschreiben!

____

____

Ich finde es total nervig, dass wir in letzter Zeit so viele Hausaufgaben bekommen. Manchmal habe ich das Gefühl, ich habe überhaupt keine Freizeit mehr.

Wir haben in Mathe die Seiten 45–46 im Buch als Hausaufgabe auf. Abgabefrist ist Freitag.

____

3 Arbeite mit den Situationen 1 bis 4:

- Informiere dich erst über die Situation.
- Formuliere jeweils eine **informierende**, eine **appellierende**, eine **expressive** und eine **selbstdarstellende** Äußerung.
- Schreibe aus Sicht der betroffenen Person.
- Achte darauf, niemanden zu beleidigen oder seine Gefühle zu verletzen.

Situation 1: David hat sich schon immer einen Dackel gewünscht. Doch seine Eltern wollten lange keinen Hund haben. Zu seinem 14. Geburtstag schenken die Eltern David endlich einen Dackel. Es ist ein 6 Monate alter Welpe. Am selben Tag ruft David seinen besten Freund Kai an.

appellierend: *Kai, du musst unbedingt* ______________ *und dir meinen neuen Hund* ______________ . ______________ *auf jeden Fall dein Handy mit, dann* ______________ *wir ein kleines Video von ihm!*

informierend: *Hallo Kai, ich wollte dir sagen, dass …* ______________________________ .

Es ist ein … ______________________________ .

expressiv: ______________________________

____

____

selbstdarstellend: ______________________________

____

____

Situation 2: Ava möchte am Wochenende das schöne Wetter nutzen und mit ihren Freundinnen Lenja und Minoo in den Park fahren. Dort kann man sich auf einer großen Wiese sonnen oder Beachvolleyball spielen. Außerdem gibt es ein kleines Café mit leckerem Eis und einen Bach, in dem man sich abkühlen kann. Sie schreibt ihren Freundinnen im Gruppenchat.

appellierend: ______________________________

____

____

informierend: ______________________________

____

____

expressiv: ______________________________

____

____

selbstdarstellend: ______________________________

____

____

Situation 3: Aylin hat Tafeldienst. Statt die Tafel zu putzen, wirft sie den Schwamm mit Lilly hin und her. Dann landet der Schwamm auf Bens Tisch. Die Seite in seinem Heft ist ganz nass. Schreibe auf, was Ben sagt.

appellierend: ______________________________

____

____

informierend: ______________________________

____

____

expressiv: ______________________________

____

____

selbstdarstellend: ______________________________

____

____

Situation 4: Emilia will ihre mündliche Note in Chemie verbessern, denn sie steht jetzt zwischen zwei Noten. Sie meldet sich deshalb besonders oft. Emilia hat aber das Gefühl, dass sie zu selten drankommt. Sie spricht ihren Lehrer, Herrn Kahles, darauf an.

appellierend: ______________________________

____

____

informierend: ______________________________

____

____

expressiv: ______________________________

____

____

selbstdarstellend: ______________________________

____

____

Gelingende und misslingende Kommunikation erkennen

Gewaltfreie Kommunikation

Für eine gelingende Kommunikation ist es wichtig, dass man sich nicht beschimpft, anschreit oder beleidigt. Das gilt besonders in schwierigen Situationen.
Die vier Schritte der gewaltfreien Kommunikation helfen dir dabei:

1. **Beobachtung**: Ich beschreibe aus meiner Sicht den Konflikt (Situation oder Handlung).
2. **Gefühl:** Ich beschreibe, wie ich mich in dieser Situation gefühlt habe.
3. **Bedürfnisse:** Ich sage, was ich in dieser Situation gebraucht hätte.
4. **Bitte/Wunsch:** Ich formuliere eine Bitte oder einen Wunsch an den anderen.

1 Sieh dir die folgenden Situationen an und lies die Sprechblasen.

2 Was könnten die drei Personen in den gelben T-Shirts sagen?
- Versetze dich in die jeweilige Situation und Person hinein:
  Worin bestehen die Konflikte? Notiere sie als Überschriften.
- Formuliere die Antworten mithilfe der vier Schritte der gewaltfreien Kommunikation.
- Schreibe in der Ich-Form.

Situation A: ______

Beobachtung: ______

______

Gefühl: ______

______

Bedürfnis: ______

______

Bitte/Wunsch: ______

______

Situation B: ______

Beobachtung: ______

______

Gefühl: ______

______

Bedürfnis: ______

______

Bitte/Wunsch: ______

______

Situation C: ______

Beobachtung: ______

______

Gefühl: ______

______

Bedürfnis: ______

______

Bitte/Wunsch: ______

______

III 3 Versetze dich nun in die jeweils angesprochene Person und formuliere mögliche Antworten. Denke daran, auf die Gefühle und Bedürfnisse der anderen Person einzugehen. Beachte die vier Schritte der gewaltfreien Kommunikation.

Situation A – Antwort:

Beobachtung: ______________________________

____

Gefühl: ______________________________

____

Bedürfnis: ______________________________

____

Bitte/Wunsch: ______________________________

____

Situation B – Antwort:

Beobachtung: ______________________________

____

Gefühl: ______________________________

____

Bedürfnis: ______________________________

____

Bitte/Wunsch: ______________________________

____

Situation C – Antwort:

Beobachtung: ______________________________

____

Gefühl: ______________________________

____

Bedürfnis: ______________________________

____

Bitte/Wunsch: ______________________________

____

Ein Bewerbungsanschreiben untersuchen

1

Joline Beck
Carl-Engler-Straße 14
77871 Renchen
Tel.: 0174/2938448
E-Mail: joline.beck@mail.de

•
•
•
Magnolia Drogerie
Samuel Huber
Renchtalstraße 28
77871 Renchen

2

•
•
•
•
•

3

Renchen, 19.12.202...

Bewerbung für ein Schülerpraktikum als Drogistin

4

•
•
Sehr geehrter Herr Huber,

5

•
auf der Ausbildungsmesse in Achern bin ich auf Ihre Ausschreibung für ein Praktikum als Drogistin aufmerksam geworden. Gerne möchte ich mich bei Ihnen für ein Schülerpraktikum im Zeitraum vom 20.03. bis 24.03.202... bewerben.

•
Zurzeit besuche ich die 8. Klasse der Grimmelshausenschule Renchen. Diese werde ich voraussichtlich im kommenden Jahr mit dem Hauptschulabschluss beenden.

6

•
Auf der Messe und im Internet habe ich mich bereits ausführlich über den Beruf der Drogistin informiert, denn ich interessiere mich sehr für die Themen Ernährung, Pflege und Kosmetik. In der Schule bereiten mir deshalb auch die Fächer AES und Chemie große Freude. Ich bin außerdem sehr kontaktfreudig. Daher wünsche ich mir später einen Beruf, in dem ich viel Kontakt zu Menschen habe und im Team arbeiten kann. Ich bin Mitglied im DLRG und es daher gewohnt, im Team zu arbeiten.

•
Gerne würde ich die Tätigkeiten und den Arbeitsalltag einer Drogistin praktisch kennen lernen. Es wäre daher schön, wenn Sie mir ein Praktikum in Ihrer Drogerie ermöglichen würden.
Über eine Zusage oder eine Einladung zu einem persönlichen Vorstellungsgespräch freue ich mich.

•
Mit freundlichen Grüßen

7

•
•
•
Joline Beck

8

•
Anlagen

9

Das Bewerbungsanschreiben

- Das Bewerbungsanschreiben ist ein **offizieller Brief**. Deshalb muss man beim Schreiben bestimmte Formen einhalten, wie z. B. **Seitenränder** und **Zeilenabstände**.
- In der Regel schreibt man das Bewerbungsanschreiben am Computer und druckt es auf **weißem DIN-A4-Papier** aus. Die **Schriftfarbe** ist **schwarz**.
- Der Brief muss **fehlerfrei** und **sauber** sein.

1 Lies das Bewerbungsanschreiben auf S. 11 aufmerksam durch. Beantworte dann die folgenden Fragen:

a) Wie heißt der Betrieb?

____

b) Wofür bewirbt sich die Schülerin?

____

c) Wo hat sich die Schülerin über den Beruf informiert?

____

d) Wann soll das Praktikum stattfinden? Wie lange soll das Praktikum dauern?

____

e) Wie begründet die Schülerin Ihr Interesse an dem Beruf?

____

____

f) Womit begründet die Schülerin Ihren Praktikumswunsch?

____

____

g) Wer ist die Ansprechperson für die Praktikumsbewerbung?

____

2 Ein Anschreiben enthält immer bestimmte Bausteine.
Ordne die Nummern aus dem Bewerbungsanschreiben den Bausteinen passend zu.

Unterschrift:	______	Adresse des Empfängers:	______
Betreffzeile:	______	Brieftext:	______
Anrede:	______	Anlagen:	______
Gruß:	______	Ort und Datum:	______
Anschrift des Absenders:	______		

Häufige Formulierungen in Bewerbungsanschreiben richtig schreiben

1 Es gibt Wörter und Formulierungen, die häufig in Bewerbungsanschreiben vorkommen. Kreuze die jeweils korrekte Schreibweise an. Wenn du unsicher bist, schlage im Wörterbuch nach.

1
a) Bewerbung um einen Praktikumplatz ☐
b) Bewerbung um einen Pracktikumsplatz ☐
c) Bewerbung um einen Praktikumsplatz ☐
d) Bewärbung um einen Praktikumsplatz ☐

2
a) Sehr geehrte Damen und Heren, ... ☐
b) Sehr geeerte Damen und Herren, ... ☐
c) Sehr geehrte Damen und Herrn, ... ☐
d) Sehr geehrte Damen und Herren, ... ☐

3
a) Ich besuche Zurzeit die 8. Klasse ... ☐
b) Ich besuche zurzeit die 8. Klasse ... ☐
c) Ich besuche zur Zeit die 8. Klasse ... ☐
d) Ich besuche zurzeit die 8. Klaße ... ☐

4
a) Einladung zum Forstellungsgespräch ☐
b) Einladung zum Vorstellunggespräch ☐
c) Einladung zum Vorstellungsgesprech ☐
d) Einladung zum Vorstellungsgespräch ☐

5
a) ... mit dem Sekundaabschluss ☐
b) ... mit dem Sekundarabschluss ☐
c) ... mit dem Sekundarabschluß ☐
d) ... mit den Sekundarabschluss ☐

6
a) Ich habe mich bereits invomiert ... ☐
b) Ich habe mich bereits informiet ... ☐
c) Ich habe mich bereits informiert ... ☐
d) Ich habe mich bereids informiert ... ☐

7
a) hiermidt ☐
b) hiermit ☐
c) hirmit ☐
d) hiermitt ☐

8
a) Außzubildender ☐
b) Auszubildener ☐
c) Außzubildender ☐
d) Auszubildender ☐

9
a) persöhnlich ☐
b) persönlich ☐
c) pärsönlich ☐
d) persönlig ☐

10
a) Mit fräundlichen Grüßen ... ☐
b) Mit freundlichen Grüssen ... ☐
c) Mit freundlichen Grüßen ... ☐
d) Mit freuntlichen Grüßen ... ☐

11
a) Ich interessire mich für ... ☐
b) Ich interressiere mich für ... ☐
c) Ich interessiere mich für ... ☐
d) Ich interesiere mich für ... ☐

12
a) Voraussichtlich werde ich ... ☐
b) Vorraussichtlich werde ich ... ☐
c) Voraussichtlig werde ich ... ☐
d) Vorausichtlich werde ich ... ☐

Einen Lebenslauf schreiben

Einen tabellarischen Lebenslauf verfassen

Der Lebenslauf gehört zu den Anlagen des Bewerbungsanschreibens.
Knapp und übersichtlich wird er in tabellarischer Form dargestellt.
Es gibt verschiedene Teilabschnitte:

- Angaben zur Person (*Name, Adresse, Geburtsdatum ...*)
- Schulbildung (*voraussichtlicher Schulabschluss, dann zeitlich bis zur Grundschule zurückgehen*)
- Praktische Erfahrungen (*schulische AGs, Tätigkeiten in Vereinen ...*)
- Interessen und Fähigkeiten (eigene Stärken, Hobbys ...)
- Ort, Datum und handschriftliche Unterschrift
- Bewerbungsfoto (kein Selfie oder ein stark bearbeitetes Bild)

1 Lies den Text über Titus aufmerksam durch.

Mein Name ist Titus Zeneli. Ich wurde am 17.04.2011 in Triberg im wunderschönen Schwarzwald geboren. Die Triberger Wasserfälle und die Kuckucksuhren sind weltberühmt. Meine Eltern sind die Bauzeichnerin Brigitte Zeneli und der Schreiner Alessandro Zeneli. Ich habe zwei jüngere Geschwister: meine Schwester Clara (6 Jahre) und meinen Bruder Jakob (8 Jahre). Natürlich liebe ich meine kleinen Geschwister, aber manchmal nerven sie auch einfach nur.
2018 wurde ich in der Grundschule Triberg eingeschult und besuchte sie vier Jahre lang. Aus beruflichen Gründen zogen meine Eltern mit uns im Sommer des Jahres 2022 nach Mannheim um. Seitdem wohnen wir in 68165 Mannheim in der Kleinfeldstraße 14. Zu erreichen bin ich unter der Telefonnummer 0174 / 12345678. Meine E-Mail-Adresse lautet: T.Zeneli@mail.de.
Seit der 5. Klasse besuche ich die Geschwister-Scholl-Schule in Mannheim. Jetzt bin ich schon in der 8. Klasse! Im Sommer 2027 verlasse ich die Schule voraussichtlich mit dem Realschulabschluss.
In der Schule mag ich besonders Englisch, Geschichte und Musik. Kunst ist allerdings nicht so mein Ding. Da bin ich leider total unbegabt. Ich nehme an der Homepage-AG der Schule teil. Ich besitze Grundkenntnisse in Text- und Datenverarbeitungsprogrammen und kann kreative Präsentationen erstellen. Außerdem bin ich gut darin, Social Media Content zu erstellen. Ich bin zweisprachig aufgewachsen. Daher spreche ich Deutsch und Italienisch fließend. Ich bin kreativ, kontaktfreudig, zuverlässig und ein absoluter Teamplayer.
In meiner Freizeit spiele ich Tischtennis im Verein und kümmere mich um meinen Hund. Mein Bauxi ist ein wunderschöner Golden Retriever und seit drei Jahren mein liebster Begleiter. Außerdem treffe ich mich häufig mit Freunden. Wenn ich nicht gerade chille, erstelle ich Videos von mir und meinem Bauxi für mein Social Media Profil. Mein Kanal hat schon über 5000 Follower.

2 Titus möchte einen tabellarischen Lebenslauf verfassen. Welche Angaben braucht er?
Markiere alle wichtigen Informationen im Text.

3 Verfasse mithilfe der Vorlage auf S. 15 einen tabellarischen Lebenslauf für Titus.
Nutze dazu deine Markierungen.
Wichtig: Manche Angaben kannst du wörtlich übernehmen, einige solltest du umformulieren.

Lebenslauf

Angaben zur Person

Name ______________________________

Anschrift ______________________________

____

Telefon ______________________________

E-Mail ______________________________

Geburtsdatum/-ort ______________________________

Schulbildung ______________________________

voraussichtlich __________ ______________________________

__________ ______________________________

__________ ______________________________

__________ ______________________________

Praktische Erfahrungen

__________ ______________________________

__________ ______________________________

Interessen und Fähigkeiten

Sprachen ______________________________

Computerkenntnisse ______________________________

____

Hobbys ______________________________

____

Mitgliedschaft ______________________________

Persönliche Stärken ______________________________

____

______________________________ (Ort und Datum)

______________________________ (Unterschrift)

Eine Inhaltsangabe zu einer Ballade verfassen

Schlüsselelemente für die Inhaltsangabe nutzen

1. Lies den gesamten Text.
2. Markiere beim zweiten Lesen die **Schlüsselelemente**:
   - Welche **Figuren** handeln?
   - Welche **Aufgaben** / welches **Ziel** haben die Figuren?
   - Worin bestehen die **Probleme/Konflikte**?
   - Wie wird das Problem **gelöst**?
   - Was hat das für **Folgen**?
3. Fasse die Schlüsselelemente zur Schreibvorbereitung in Wortgruppen als Randnotizen zusammen.

1 Bereite die Ballade „Der Erlkönig" mithilfe der **Schlüsselelemente** für eine Inhaltsangabe vor.
- Lies zunächst in der linken Spalte alle Strophen.
- Finde im Text Antworten auf die W-Fragen (s. Info-Kasten).
- Markiere beim zweiten Lesen die Schlüsselelemente in der Ballade.

Der Erlkönig

Johann Wolfgang von Goethe

Wer reitet so spät durch Nacht und Wind?
Es ist der Vater mit seinem Kind;
Er hat den Knaben wohl in dem Arm.
Er fasst ihn sicher, er hält ihn warm.

Vater reitet mit Sohn durch die Nacht

Mein Sohn, was birgst du so bang dein Gesicht? –
Siehst, Vater, du den Erlkönig nicht?
Den Erlenkönig mit Kron und Schweif? –
Mein Sohn, es ist ein Nebelstreif. –

Sohn hat Angst → glaubt, es ist …

Der Vater …

„Du liebes Kind, komm, geh mit mir!
Gar schöne Spiele spiel ich mit dir;
Manch bunte Blumen sind an dem Strand,
Meine Mutter hat manch gülden Gewand."

Kind hört Stimme → Aufforderung, mit ihm zu gehen; lockt mit …

Mein Vater, mein Vater, und hörest du nicht,
Was Erlenkönig mir leise verspricht? –
Sei ruhig, bleibe ruhig, mein Kind;
In dürren Blättern säuselt der Wind. –

„Willst, feiner Knabe, du mit mir gehn?
Meine Töchter sollen dich warten schön;
Meine Töchter führen den nächtlichen Reihn;
Und wiegen und tanzen und singen dich ein."

Lösungen zum Arbeitsheft Praxis Sprache 8

Seite 4, Aufgabe 1: *expressiv*, selbstdarstellend, appellierend, Kontaktaufnahme, **informierend**
Jonathan: Hey Levi, was habe ich heute verpasst?
Levi: Hi Jon, geht's dir wieder besser?
Jonathan: Hörst ja meine Stimme. **Bis zum Ende der Woche muss ich noch zu Hause bleiben.** Aber erzähl. Was war heute so los?
Levi: *Frau Kunz hatte endlich das Abstimmungsergebnis für den Klassenausflug dabei.* Es war wohl ziemlich knapp. Aber du wirst dich freuen.
Jonathan: Sag schon, wo geht's hin?
Levi: *Wir besuchen endlich den Hochseilgarten!*
Jonathan: *Cool!* Wann fahren wir denn?
Levi: Hast du was zu schreiben? Ich lese dir mal vor, was im Elternbrief steht: **Der diesjährige Klassenausflug der 8b findet am 06. Mai statt. Wir treffen uns um 08.00 Uhr vor der Schule und fahren dann mit dem Bus zum Hochseilgarten.** Bitte denkt daran, feste Schuhe und ausreichend Essen und Trinken mitzunehmen! Bringt außerdem das Eintrittsgeld und den Elternbrief bis Freitag unterschrieben mit. Und so weiter ...
Jonathan: *Das wird mega! Ich freue mich total – endlich machen wir mal wieder was zusammen.* Warst du nicht letztes Jahr mit deiner Familie dort?
Levi: Ja, genau. Ich klettere total gerne. Bouldern ist ja auch total mein Ding! Und dieses Jahr bin ich endlich alt genug, um auch den schwarzen Parcours zu machen, also den schwierigsten, *das wird super!*
Jonathan: *Levi, danke fürs Anrufen. Jetzt muss ich mich aber wieder hinhauen.*
Levi: *Dann noch gute Besserung.* Aber warte, ich sag dir noch schnell die Matheaufgaben.

Seite 5, Aufgabe 2:
links oben: appellierend; rechts oben: expressiv;
links unten: selbstdarstellend; rechts unten: informierend

Seite 5, Aufgabe 3: *Lösungsvorschläge*
Situation 1:
appellierend: Kai, du musst unbedingt vorbeikommen und dir meinen neuen Hund anschauen. Bring auf jeden Fall dein Handy mit, dann drehen wir ein kleines Video von ihm!
informierend: Hallo Kai, ich wollte dir sagen, dass mir meine Eltern einen Dackel geschenkt haben. Es ist ein 6 Monate alter Welpe.
expressiv: Hey Kai, ich bin so glücklich! Stell dir vor, ich habe endlich einen Dackel geschenkt bekommen! Ich freue mich so sehr über den Kleinen!
selbstdarstellend: Hey Kai, rate mal, welcher Glückspilz zum Geburtstag einen Hund bekommen hat? Ich habe ihm sogar schon beigebracht, auf „Sitz!" zu hören.

Situation 2:
appellierend: Hey, ihr zwei! Lasst uns am Wochenende doch in den Park gehen! Denkt daran, eure Badesachen und den Beachvolleyball mitzubringen!
informierend: Am Wochenende soll es schönes Wetter geben. Der Park hat eine große Wiese und ein Café mit leckerem Eis. Außerdem können wir in den Bach gehen, um uns abzukühlen.
expressiv: Ich freue mich riesig auf ein bisschen Sonne und Spaß mit euch – das brauche ich total nach dieser anstrengenden Woche!
selbstdarstellend: Ich kann euch die leckersten Eissorten in dem Café empfehlen. Und beim Beachvolleyball werdet ihr über meine neue Technik staunen!

Situation 3:
appellierend: Hört bitte auf, mit dem Schwamm zu werfen! Helft mir stattdessen, meine Sachen wieder trocken zu bekommen.
informierend: Mein Heft ist jetzt total nass und die Seite ist nicht mehr lesbar.
expressiv: Ich bin echt sauer! Mein ganzes Heft ist hinüber und ich kann alles noch einmal neu schreiben.
selbstdarstellend: Ich achte immer darauf, dass mein Heft ordentlich aussieht. Schließlich möchte ich keine Punktabzüge und damit eine schlechte Note riskieren. Bisher stehe ich auf einer 2.

Situation 4:
appellierend: Herr Kahles, könnten Sie mich bitte öfter drannehmen, wenn ich mich melde? Ich möchte gerne noch mehr zum Unterricht beitragen und damit meine Note verbessern.
informierend: In letzter Zeit habe ich mich öfter gemeldet, weil ich meine mündliche Note verbessern möchte. Ich stehe jetzt in Chemie zwischen zwei Noten. Ich werde aber nur selten von Ihnen aufgerufen.
expressiv: Ich fühle mich von Ihnen zurzeit total übergangen. Immer wieder melde ich mich und doch nehmen sie mich nicht dran. Das ist echt frustrierend und nicht sehr motivierend.
selbstdarstellend: Ich bereite mich immer gut auf den Unterricht vor und würde das gerne auch zeigen.

Seite 9, Aufgabe 2: *Lösungsvorschläge*
Situation A – Ausgrenzung
Beobachtung: Ich habe gehört, dass du „Du störst!" zu Leo gesagt hast, als er zu uns gekommen ist.
Gefühl: Ich war irritiert und es hat mich ehrlich gesagt auch wütend gemacht. Ich finde es nicht in Ordnung, so mit jemandem zu sprechen und ihn auszugrenzen.
Bedürfnis: Mir ist wichtig, dass sich alle aus unserer Klasse wohlfühlen und dazugehören dürfen.
Bitte/Wunsch: Bitte sprich in Zukunft respektvoll mit allen, auch wenn du jemanden gerade nicht sehen willst.

Situation B – Handy ohne Erlaubnis
Beobachtung: Du hast mein Handy genommen, ohne mich vorher um Erlaubnis zu bitten.
Gefühl: Ich bin wütend und enttäuscht. Ich habe den Eindruck, dass du nicht respektierst, was mir gehört.
Bedürfnis: Ich möchte, dass meine Sachen respektiert werden, vor allem, wenn es um etwas so Persönliches wie mein Handy geht.
Bitte/Wunsch: Bitte frag mich, bevor du etwas von mir nimmst oder benutzt. Dann kann ich selbst entscheiden, ob es für mich in Ordnung ist.

© Westermann Gruppe

Situation C – Vordrängeln in der Schlange
Beobachtung: Du hast dich einfach vorgedrängelt und behauptet, dass ihr zusammen ansteht, obwohl du vorher gar nicht da warst.
Gefühl: Ich habe mich in dem Moment übergangen gefühlt. Das war echt frustrierend.
Bedürfnis: Mir sind Regeln und Fairness total wichtig, gerade in Situationen wie dieser, wo wir alle warten müssen. Ich möchte auch nicht angelogen werden.
Bitte/Wunsch: Bitte stell dich beim nächsten Mal hinten an, wie alle anderen auch. Oder du fragst die dahinter Stehenden, ob es für sie in Ordnung ist, dass du dich dazustellst.

Seite 10, Aufgabe 3: *Lösungsvorschläge*
Situation A – Antwort
Beobachtung: Ja, du hast Recht, das habe ich gesagt. Aber ich war gerade in ein Gespräch vertieft und habe mich gestört gefühlt.
Gefühl: Im Nachhinein tut es mir auch leid. Ich fühle mich jetzt nicht gut, weil ich merke, wie verletzend meine Worte waren.
Bedürfnis: Mir ist ein gutes Miteinander eigentlich auch wichtig.
Bitte/Wunsch: Ich werde versuchen, meine Worte in Zukunft bewusster zu wählen. Es war nicht meine Absicht, Leo zu verletzen.

Situation B – Antwort
Beobachtung: Ich habe dein Handy genommen, um damit zu spielen.
Gefühl: Ich war neugierig und wollte einfach etwas Spaß haben. Jetzt fühle ich mich echt schlecht, dass ich deine Grenzen nicht respektiert habe.
Bedürfnis: Ich wollte wirklich nur kurz spielen und ein bisschen wie du sein. Ich wünsche mir, dass ich ab und zu dein Handy zum Spielen nutzen darf, bis ich mein eigenes bekomme.
Bitte/Wunsch: Es tut mir leid. Beim nächsten Mal frage ich dich auf jeden Fall vorher.

Situation C – Antwort
Beobachtung: Ich habe die lange Schlange gesehen und wegen der kurzen Pause keine Lust gehabt, mich ganz hinten einzureihen.
Gefühl: Jetzt, wo du mich darauf hingewiesen hast, fühle ich mich ertappt und beschämt. Ich wollte nicht unhöflich sein, aber ich habe in diesem Moment nur an mich gedacht.
Bedürfnis: Ich wollte schnell etwas holen und dachte, es fällt nicht auf. Aber ich merke jetzt, dass ich damit viele andere sehr verärgert habe. Dabei ist mir Fairness eigentlich auch total wichtig.
Bitte/Wunsch: Entschuldige, dass ich mich mit einer schlechten Ausrede vorgedrängelt habe. Ich stelle mich jetzt hinten an.

Seite 12, Aufgabe 1:
a) Magnolia Drogerie
b) Die Schülerin bewirbt sich für ein Schülerpraktikum als Drogistin.
c) Die Schülerin hat sich auf der Ausbildungsmesse in Achern und im Internet informiert.
d) Das Praktikum dauert vom 20.03. bis 24.03., also 5 Tage.
e) Sie interessiert sich sehr für Ernährung, Pflege und Kosmetik. Sie mag die Fächer AES und Chemie in der Schule. Sie ist sehr kontaktfreudig und arbeitet gerne im Team zusammen.
f) Sie möchte die Tätigkeiten und den Arbeitsalltag einer Drogistin praktisch kennenlernen.
g) Die Ansprechperson ist Herr Samuel Huber.

Seite 12, Aufgabe 2:
Unterschrift: 8, Adresse des Empfängers: 2, Betreffzeile: 4, Brieftext: 6, Anrede: 5, Anlagen: 9, Gruß: 7, Ort und Datum: 3, Anschrift des Absenders: 1

Seite 13, Aufgabe 1:
1 – C, 2 – D, 3 – B, 4 – D, 5 – B, 6 – C, 7 – B, 8 – D, 9 – B, 10 – C, 11 – C, 12 – A

Seite 14, Aufgabe 2:
Mein Name ist **Titus Zeneli**. Ich wurde am **17.04.2011 in Triberg** im wunderschönen Schwarzwald geboren. Die Triberger Wasserfälle und die Kuckucksuhren sind weltberühmt. Meine Eltern sind die Bauzeichnerin Brigitte Zeneli und der Schreiner Alessandro Zeneli. Ich habe zwei jüngere Geschwister: meine Schwester Clara (6 Jahre) und meinen Bruder Jakob (8 Jahre). Natürlich liebe ich meine kleinen Geschwister, aber manchmal nerven sie auch einfach nur.
2018 wurde ich in der **Grundschule Triberg** eingeschult und besuchte sie **vier Jahre lang**. Aus beruflichen Gründen zogen meine Eltern mit uns im Sommer des Jahres **2022** nach **Mannheim** um. Seitdem wohnen wir in **68165 Mannheim in der Kleinfeldstraße 14**.
Zu erreichen bin ich unter der **Telefonnummer 0174 / 12345678**. Meine E-Mail-Adresse lautet: **T.Zeneli@mail.de**.
Seit der **5. Klasse** besuche ich die **Geschwister-Scholl-Schule in Mannheim**. Jetzt bin ich schon in der **8. Klasse**! Im **Sommer 2027** verlasse ich die Schule voraussichtlich mit dem **Realschulabschluss**.
In der Schule mag ich besonders **Englisch, Geschichte und Musik**. Kunst ist allerdings nicht so mein Ding. Da bin ich leider total unbegabt. Ich nehme an der **Homepage-AG** der Schule teil. Ich besitze **Grundkenntnisse in Text- und Datenverarbeitungsprogrammen** und kann **kreative Präsentationen** erstellen. Außerdem bin ich gut darin, **Social Media Content** zu **erstellen**. Ich bin zweisprachig aufgewachsen. Daher spreche ich **Deutsch und Italienisch fließend**. Ich bin **kreativ, kontaktfreudig, zuverlässig** und **ein absoluter Teamplayer**.
In meiner Freizeit spiele ich **Tischtennis im Verein** und **kümmere mich um meinen Hund**. Mein Bauxi ist ein wunderschöner Golden Retriever und seit drei Jahren mein liebster Begleiter. Außerdem treffe ich mich häufig mit Freunden. Wenn ich nicht gerade chille, **erstelle** ich **Videos** von mir und meinem Bauxi **für mein Social Media Profil**. Mein Kanal hat schon über 5000 Follower.

© Westermann Gruppe

Seite 14, Aufgabe 3: *Lösungsvorschlag*
Lebenslauf
Angaben zur Person

Name	Titus Zeneli
Anschrift	Kleinfeldstraße 14 68165 Mannheim
Telefon	0174 / 12345678
E-Mail	T.Zeneli@mail.de
Geburtsdatum/-ort	17.04.2011, Triberg

Schulbildung

voraussichtlich 2027	Realschulabschluss
seit 2022	Geschwister-Scholl-Schule in Mannheim
2018–2022	Grundschule Triberg

Praktische Erfahrungen

Schul-AGs	Mitglied der Homepage-AG
Social Media	Regelmäßiges Erstellen von Videocontent für mein Social Media-Profil

Interessen und Fähigkeiten

Sprachen:	Deutsch, Italienisch (beides fließend)
Computerkenntnisse:	Text- und Datenverarbeitungs-programme, Präsentationsprogramme (Grundkenntnisse)
Hobbys:	Tischtennis, Zeit mit meinem Hund verbringen, Videocontent für Social Media erstellen
Mitgliedschaft:	Tischtennisverein
Persönliche Stärken:	kreativ, kontaktfreudig, zuverlässig, teamfähig

Mannheim, 19.12.202...

Titus Zeneli

Seite 17, Aufgabe 3/4:
Vater reitet mit Sohn durch die Nacht;
Sohn sitzt wohlbehütet vor dem Vater

Sohn hat Angst → glaubt, es ist (sei) der Erlkönig zu sehen
kann ihn genau beschreiben
Vater beruhigt ihn, dass es nur Nebel ist (sei)

Kind hört Stimme → Aufforderung, mit ihm zu gehen;
lockt mit schönen Dingen/Belohnungen

Sohn hört Erlkönig und seine schönen Versprechungen;
Vater beruhigt, es sind (seien) nur Blätter im Wind

Erlkönig fragt, ob der Junge mitgehen möchte (möge);
seine Töchter würden sich gut um ihn kümmern

Sohn fragt den Vater, ob er Erlkönigs Töchter nicht sieht (sehen könne);
Vater ist sicher, dass es nur Bäume sind (seien)

Erlkönig sagt, er liebt (liebe) den Jungen;
droht Gewalt an, wenn dieser nicht mitgeht (mitgehe).
Sohn glaubt, dass Erlkönig ihn angefasst und etwas angetan hat (habe)

Vater bekommt auch Angst, reitet schneller;
Kind gibt Schmerzenslaute von sich;
Zuhause angekommen, ist das Kind tot

Seite 17, Aufgabe 5:
Textsorte: Ballade
Autor: Johann Wolfgang von Goethe
Titel: Der Erlkönig

Seite 18, Aufgab 6:
Der erste Themenvorschlag ist sehr allgemein gehalten. Vorschlag 2 und 3 treffen das Thema der Ballade genauer.

Seite 18, Aufgabe 7: *Lösungsvorschlag*
Die Ballade „Der Erlkönig", verfasst von Johann Wolfgang von Goethe, handelt von einem Kind, das Wirklichkeit und Fantasie nicht mehr trennen kann. Das wird ihm am Ende zum Verhängnis.
Der Text beginnt damit, dass ein Vater mit seinem Sohn durch die Nacht reitet. Das Kind sitzt wohlbehütet vor ihm.
Doch dann bekommt der Junge Angst. Er glaubt, den Erlkönig zu sehen, und kann diesen Naturgeist auch genau beschreiben. Daraufhin beruhigt ihn der Vater, dass es nur Nebel ist (sei), den der Junge mit einem Geist verwechselt (verwechsele).
Nun fordert Erlkönig den Jungen auf, mit ihm zu gehen. Dazu lockt er mit schönen Dingen und Belohnungen.
Der Junge will wissen, ob der Vater Erlkönigs Versprechungen auch gehört hat (habe). Doch der Vater beschwichtigt ihn erneut, dass es nur Blätter im Wind sind (seien), die man hört (höre).
Wieder fragt Erlkönig den Jungen, ob dieser mit ihm gehen möchte (möge). Bei ihm würde es dem Jungen gutgehen, denn seine Töchter würden sich um ihn kümmern.
Ganz aufgebracht erzählt der Sohn dem Vater von seiner Beobachtung. Aber dieser kann nur alte Weiden am Wegesrand erkennen.
In der nächsten Strophe sagt Erlkönig ganz direkt, dass er in den Jungen verliebt ist (sei), und ihm etwas antun wird (werde), wenn er nicht mit ihm kommt (komme).
Der Junge wird panisch, denn er glaubt, dass Erlkönig ihn angefasst und damit etwas angetan hat (habe).
Der Vater bekommt durch die Reaktion seines Sohnes auch Angst. Er reitet daher so schnell wie möglich nach Hause, denn dem Jungen scheint es immer schlechter zu gehen.
Als er auf dem Hof ankommt, ist der Junge tot.

Seite 19, Aufgabe 2: *Mögliche Personenbeschreibung*
Bei unserem letzten Klassenausflug habe ich am Bahnhof Miu kennengelernt. Miu ist Reisefotografin. Sie ist 21 Jahre alt und macht gerade eine Rundreise durch Baden-Württemberg.

© Westermann Gruppe

Miu ist mittelgroß und hat eine schlanke Figur. Ihre Haare sind lang, schwarz und glatt. Rechts fallen ihr die Haare über die Schulter. Ihr Gesicht ist etwas rundlich mit einem schmal zulaufenden Kinn. Miu hat eine helle Haut und dunkle, mandelförmige Augen. Ihre Nase ist klein mit etwas breiteren Nasenflügeln. Außerdem hat sie ein offenes Lächeln.
Auf dem Kopf trägt Miu einen gelben Strohhut. Dieser hat ein weißes Band mit einer Schleife an der Seite. Ihr Oberteil ist ein etwas längeres, kariertes Hemd in den Farben Rot, Schwarz und Weiß. Sie trägt es locker über einer blauen Jeans. Diese ist etwas enger und hat Löcher an den Oberschenkeln und Knien. Außerdem trägt sie weiße Turnschuhe.
Besonders auffällig ist noch Mius Rucksack auf dem Rücken. Er ist schwarz und hat einen Bauchgurt, den sie vorne aber nicht geschlossen hat. Um ihren Hals hängt ein dunkler Trageriemen, an dem ein Fotoapparat mit einem großen Objektiv befestigt ist. Es scheint ein professionelles Modell zu sein.
Miu wirkt auf mich offen, freundlich und aufgeschlossen.

Seite 20, Aufgabe 2:
Khaled möchte sich Flesh Tunnel mit mindestens 30 mm Durchmesser machen lassen.

Seite 20, Aufgabe 3:
Khaled ist noch unsicher und bittet Samet um einen Rat.

Seite 22/23, Aufgabe 7 a)/b):
*Argumente **für** Flesh Tunnel aus dem Text*

Behauptung: Mit Flesh Tunnel fällt man stärker auf und man kann sich besser von anderen abgrenzen.
Begründung: Einfache Piercings hat mittlerweile jeder.
Beispiel: Selbst die Ururoma trägt Ohrringe.

Behauptung: Flesh Tunnel haben eine lange Tradition.
Begründung: Sie gelten in einigen Bevölkerungsgruppen als Schönheitsideal und als Statussymbol. **Beispiel**: In Afrika, Asien oder Südamerika zeigt man damit, dass man in einen besonderen Kreis aufgenommen wurde.

Behauptung: Menschen bekommen durch eine Körpermodifikation ein höheres Selbstwertgefühl und mehr Selbstbewusstsein. **Begründung**: Sie fühlen sich damit besonders und attraktiver. **Beispiel**: Die Universität in Bochum hat in einer Studie herausgefunden, dass Menschen mit einer Körpermodifikation mehr innere Zufriedenheit und Lebensfreude besitzen.

*Argumente **gegen** Flesh Tunnel aus dem Text*

Behauptung: Man braucht viel Zeit und Geduld.
Begründung: Ein Flesh Tunnel entsteht schrittweise. Erst das komplett verheilte Ohrloch darf gedehnt werden, und dann immer nur um einen Millimeter pro Monat. **Folge**: Es kann ein Jahr dauern, bis man eine Dehnung von 10 mm erhält. Ein Flesh Tunnel mit 30 mm Durchmesser wird wahrscheinlich deutlich länger brauchen.
Behauptung: Flesh Tunnel sind viel pflegeintensiver als einfache Ohrpiercings. **Begründung**: In der Dehnungsphase muss man die Wunde immer wieder säubern und desinfizieren. Danach muss man die Haut mit einer Wundsalbe geschmeidig halten und den Ohrschmuck regelmäßig säubern. **Folge**: Auf diese Weise vermeidet man Infektionen und Vernarbungen.

Behauptung: Mit Flesh Tunnel geht man ein medizinisches Risiko ein. **Begründung**: Es besteht die Gefahr von Infektionen, Verletzungen und Vernarbungen.
Beispiel: Die Wundstelle kann sich schwer entzünden oder sogar das Ohrläppchen reißen. Dann braucht man einen Arzt.

Behauptung: Flesh Tunnel lassen sich nicht einfach wieder rückgängig machen. **Begründung**: Nur kleinere Löcher bis zu einem cm lassen sich wieder zurückbilden. Bei einem größeren Tunnel von 30 mm müsste ein Chirurg das Ohrläppchen wiederherstellen. **Folge**: Man muss viel Geld dafür bezahlen, denn die Krankenkasse kommt für die Kosten nicht auf.

Behauptung: Das eigene Schönheitsempfinden ändert sich mit der Zeit. **Begründung**: Was man in jungen Jahren mochte, kann einem schon wenige Jahre später nicht mehr gefallen. **Folge**: Man findet sich nicht mehr so attraktiv und leidet dann unter seinen Flesh Tunnel.

Behauptung: Flesh Tunnel können bei der Berufswahl einschränken. **Begründung**: Im Handwerk, im Gesundheitswesen oder in der Lebensmittelproduktion sind sie aufgrund von Hygienevorschriften oder Sicherheitsbedenken verboten. **Folge**: Man kann dann wegen eines vergänglichen Trends vielleicht nicht in dem Beruf tätig sein, der einen interessiert.

Seite 23/24, Aufgabe 8: *Vorschlag für eine E-Mail*

Lieber Khaled,
cool, dass du schreibst. Ich kann es auch kaum erwarten, dass die Ferien beginnen. Wir haben uns ja auch einiges vorgenommen, wenn ich dich demnächst besuchen komme. Darauf freue ich mich schon sehr.
Mit deiner Idee hast du mich echt überrascht. Ich habe Flesh Tunnel zwar schon gesehen, mir aber keine weiteren Gedanken dazu gemacht. Dazu musste ich mich erst einmal informieren.
Ich bin der Meinung, dass du dir keine Flesh Tunnel machen lassen solltest.
Zunächst einmal kannst du dir nicht so schnell Flesh Tunnel machen lassen, wie du es gerne möchtest.
Du brauchst viel Zeit und Geduld, weil ein Flesh Tunnel schrittweise entsteht. Erst das komplett verheilte Ohrloch darf gedehnt werden, und dann immer nur um einen Millimeter pro Monat. Deshalb kann es ein Jahr dauern, bis du eine Dehnung von 10 mm hast. Ein Flesh Tunnel mit 30 mm Durchmesser wird wahrscheinlich deutlich länger brauchen.
Dann solltest du bedenken, dass du Flesh Tunnel nicht einfach wieder rückgängig machen kannst. Nur kleinere Löcher bis zu einem Zentimeter kannst du wieder zurückbilden. Bei einem größeren Tunnel von 30 mm müsste ein Chirurg das Ohrläppchen wiederherstellen. Dafür musst du aber viel Geld bezahlen, denn die Krankenkasse kommt für die Kosten nicht auf.

© Westermann Gruppe

Vor allem spricht gegen Flesh Tunnel, dass sie dich bei deiner Berufswahl einschränken. Im Handwerk, im Gesundheitswesen oder in der Lebensmittelproduktion sind sie aufgrund von Hygienevorschriften oder Sicherheitsbedenken verboten. Dann kannst du wegen einer aktuellen Modelaune vielleicht nicht in der Krankenpflege tätig sein, wie du es dir eigentlich wünschst.
Überlege es dir also noch einmal. Wie wäre es, wenn du stattdessen mit einem einfachen Ohrpiercing beginnst? Dann kannst du schauen, ob so ein Piercing überhaupt etwas für dich ist. Wenn du es nicht magst, kannst du die Ohrlöcher ganz leicht wieder zuwachsen lassen. Und mit so einem Piercing kannst du mich dann tatsächlich in acht Wochen überraschen.
Ich bin gespannt, wie du dich entscheidest.
Lass mal wieder von dir hören!
Viele Grüße
Samet

Seite 27, Aufgabe 4:
Es ist Nacht. (richtig – Vers 1)
Ein Schiff ist bei dem Unwetter verunglückt. Die Reste liegen noch auf einem Felsen. (falsch – Vers 5)
Das Schiff liegt auf einer Sandbank.
Nis Randers sieht einen Mann im Mast des zerstörten Schiffes. (richtig – Vers 8)
Die Mutter drängt ihn, den Mann zu retten. (falsch – Vers 10–12) Die Mutter hat Angst um den Sohn und will ihn davon abhalten, sein Leben zu riskieren.
Nis Randers' Vater und sein Bruder Momme starben auf der See. (richtig – Vers 13)
Nis Randers' Bruder Uwe wird seit fünf Jahren vermisst. (falsch – Vers 14) Uwe wird seit drei Jahren vermisst.
Nis Randers fährt mit sechs weiteren Männern zum Wrack hinaus. (richtig – Vers 19–21)
Das Unwetter sorgt für einen fürchterlichen Wellengang. (richtig – Vers 22–30)
Der gerettete Mann im Mast ist Nis Randers' Bruder Momme. (falsch – Vers 36) Der Gerettete ist Uwe.

Seite 27, Aufgabe 6:
ein Gewitter mit Sturm tobt in der Nacht; jemand schreit – ein Wrack liegt auf der Sandbank; es wird bald untergehen – Nis Randers entdeckt das aufgelaufene Schiff und einen Mann im Mast; er will ihn retten – die Mutter will nicht, dass er geht; sie hat nur noch ihn – ihr Mann und ihr Sohn Momme starben schon auf der See; ihr Sohn Uwe wird seit drei Jahren vermisst – Nis erklärt, dass auch der Mann im Mast eine Mutter hat – Nis und sechs weitere Männer rudern mit einem Boot zum Wrack – das Rettungsboot muss sich durch heftige Wellen kämpfen – das Meer tobt und schäumt; der Wellengang kann für Menschen tödlich enden – das Unwetter wird schlimmer; das Rettungsboot fährt wieder Richtung Land zurück – Nis ruft den Menschen an Land zu, dass der Gerettete Uwe ist.

Seite 28, Aufgabe 7: *Lösungsvorschlag*
Die Metapher *menschenfressende Rosse* bezieht sich auf die riesigen Wellen. Diese rasen über das Wasser. Sie verschlingen alles, was sich ihnen in den Weg stellt. Es entsteht ein Bild von gefährlichen Tieren, die Menschen umbringen können. Dadurch wirkt die Situation, in die sich Nis Randers freiwillig begibt, noch viel bedrohlicher.

Seite 28, Aufgabe 8: „schnauben und schäumen" (Vers 27); „hechelnde Hast" (Vers 28); „Eins auf den Nacken des andern springt" (Vers 29); „Mit stampfenden Hufen!" (Vers 30)

Seite 28, Aufgabe 9:
a) Die Ballade Nis Randers enthält folgende lyrische Merkmale: Der Text besteht aus acht Strophen. Jede Strophe besteht aus drei Versen. In jeder Strophe reimen sich die beiden ersten Verse (Paarreim). Es gibt bildhafte Stilmittel, um z. B. das stürmische Meer darzustellen. Die Wellen werden als wilde Pferde beschrieben.
b) Die Ballade Nis Randers enthält folgende epische Merkmale: Die Ballade handelt von einem Schiffsunglück während eines Unwetters. Es wird also ein außergewöhnliches Ereignis erzählt. Die Figuren handeln (Nis Randers will einen Schiffsbrüchigen während eines gefährlichen Unwetters retten.) und durchleben Konflikte (Nis begibt sich in Lebensgefahr. Deshalb möchte seine Mutter nicht, dass er geht.). Diese haben Folgen (Nis rettet nicht nur ein Menschenleben. Es stellt sich heraus, dass es sein lange vermisster Bruder ist.)
c) Die Ballade Nis Randers enthält folgende dramatische Merkmale: Es gibt eine spannende Handlung (ein Schiffsunglück hat sich ereignet; ein Mann ist noch auf dem Schiffswrack und muss unter lebensbedrohlichen Umständen gerettet werden.). In einem Dialog zwischen Nis Randers und seiner Mutter wird der Konflikt der Figuren deutlich. Begleitet wird der Dialog von kurzen Szenenanweisungen („Da fasst ihn die Mutter", V. 10; „Er weist nach dem Boot und spricht gemach", V. 17).

Seite 30, Aufgabe 2:
A) Die Mühlenknappen sollen ihre Kenntnisse aus der schwarzen Schule anwenden. (Vgl. Z. 4–5) Sie sollen also ihre magischen Fähigkeiten praktisch testen.
B) von links nach rechts: Andrusch – Tonda – Krabat
C) Sie wollen nach Wittichenau auf den Viehmarkt gehen (Z. 6–7) und dort den als Ochsen verwandelten Andrusch verkaufen (Z. 13–14, 23–24)

Seite 31, Aufgabe 2:
D) Zuerst bietet man ihm 15 Gulden (Z. 37).
Am Ende erhält er 30 Gulden (Z. 67).
E) Tonda verkauft den Ochsen an den Viehhändler Ochsenblaschke aus Kamenz. (Z. 67)
F) Unförmig dick, wie ein Walross schnaufend, Froschgesicht mit runden Glupschaugen, glänzt vor Schweiß, laute, polternde Stimme; protzige Kleidung: mit Silberknöpfen besetzter Frack, Uhrkette, rote Samtweste; reich: gut sichtbare pralle Geldbörse; gerissen: täuscht beim Handeln zu seinem Vorteil (Z. 46–51)

© Westermann Gruppe

Seite 32, Aufgabe 2:

G) *Lösungsvorschlag*: Ochsenblaschke wirkt auf mich unsympathisch. Schon äußerlich wird er abstoßend beschrieben. Auch dass er seinen Reichtum so heraushängen lässt und beim Handeln andere benachteiligen will, lässt ihn wie einen unangenehmen Menschen erscheinen.

H) Andrusch kann sich ohne den Strick nicht in einen Menschen zurückverwandeln und müsste ein Ochse bleiben. (Z. 25–30)

I) Andrusch verwandelt sich im Stall eines Gasthauses (Osslinger Kretscham) zurück, in das Ochsenblaschke einkehren wollte. (Z. 90, 95)

J) Andrusch flieht als Schwalbe. (Z. 104)

Seite 33, Aufgabe 3: *Lösungsvorschlag*:
Harmloser Streich: lustige Idee; raffinierter Schwindel; niemand wird verletzt; Ochsenblaschke ist reich; er denkt an den eigenen Vorteil und ist selbst kein aufrichtiger Handelspartner; ihm wird auf lustige Weise eine Lehre erteilt
Betrug/Verbrechen: es ist Diebstahl: die Jungen bereichern sich unrechtmäßig, denn der Händler bekommt keine Ware; hätte es einen ärmeren Händler getroffen, hätte dies für ihn zur damaligen Zeit lebensbedrohlich sein können (Armut, Hunger)

Seite 33, Aufgabe 4: *Lösungsvorschlag*
Es war zwar ein Diebstahl, aber die Art und Weise, wie die drei Mühlknappen betrügen, wirkt lustig und es trifft den „Richtigen". Ochsenblaschke wird so negativ beschrieben, dass man ihm den Reinfall gönnt.

Seite 33, Aufgabe 5:
Krabat empfindet das Erlebnis als großen Spaß.
Er hinterfragt nicht, was die Mühlknappen tatsächlich getan haben, sondern sieht, dass man durch Magie Macht über andere Menschen bekommt und damit persönliche Vorteile. (Z. 107–109)

Seite 36, Aufgabe 3:
Die Erzählerin ist ein Mädchen (S. 35, Z. 32: „[...] ihre kleine Schwester (ich!)").
Katja Reider ist die Autorin des Textes.

Seite 36, Aufgabe 4:
Die Autorin hat für den Text die Ich-Erzählform gewählt, denn die Handlung wird aus der Sicht eines Mädchens in der 1. Person Singular wiedergegeben.

Seite 36, Aufgabe 5:
Die Handlung spielt sich in einem ICE (ein Schnellzug) ab.

Seite 36, Aufgabe 6:
Der Zeitraum umfasst wahrscheinlich nur wenige Minuten während einer Zugfahrt. Die Erzählerin blickt auf 60 Minuten zurück, die sie schon hinter sich hat, und auf 62 Minuten, die noch vor ihr liegen.

Seite 36, Aufgabe 7:
Die sprachlichen Bilder betonen, wie angespannt sich die Erzählerin während der Zugfahrt fühlt. Sie traut sich kaum, sich zu bewegen. Außerdem weiß die Erzählerin nichts Sinnvolles zu sagen, obwohl sie das gerne tun würde. Damit unterstreicht die Autorin, wie sehr der Junge auf dem Platz gegenüber die Erzählerin verunsichert.

Seite 36, Aufgabe 8:
Die Erzählerin findet den Jungen sehr attraktiv und interessant.

Seite 36, Aufgabe 9:
Die Erzählerin glaubt, dass das schlafende Mädchen neben dem Jungen seine Freundin ist. Der Kopf des Mädchens liegt nämlich sehr vertraut auf der Schulter des Jungen.

Seite 36, Aufgabe 10:
Das schlafende Mädchen springt plötzlich auf, nimmt sein Gepäck und stürmt ohne Abschiedsworte aus dem Zug. Der Junge bleibt ungerührt sitzen. Die Erzählerin erfährt nun, dass das Mädchen eine Fremde war und nicht die Freundin des Jungen.

Seite 37, Aufgabe 11: *Individuelle Lösungen; Lösungsvorschlag*:

- Wie rot sie wird, als ihr Papa ihr die Platznummer hinterherruft. Süß! Moment mal! Wagen 6, Platz 95. Das ist ja der Platz gegenüber von mir! Ich Glückspilz.
- Sie scheint ein sehr spannendes Buch zu lesen. Ich sehe ihr Gesicht gar nicht richtig.
- Was sie wohl über das Mädchen neben mir denkt? Sie hat sie kurz gemustert. Sie denkt bestimmt, wir sind zusammen – dabei kenn ich sie doch gar nicht. Hoffentlich steigt sie bald aus.
- Warum seufzt sie? Wow – sie hat aber tolle Augen, ganz dunkelbraun sind die.
- Hihi! Sie dachte wohl wirklich, dass das blonde Mädchen meine Freundin ist. Wie verdattert sie guckt. Ich erkläre ihr mal, wie das wirklich war.
- Hoffentlich muss sie auch nach Bonn und steigt nicht früher aus. Ich will mich noch mit ihr unterhalten und sie kennenlernen.

Seite 37, Aufgabe 12: *Lösungsvorschlag*:

Bonn, am 26. Juli 20..

Endlich bin ich wieder zu Hause. Ich mag so lange Zugfahrten überhaupt nicht. Aber wenigstens war die Rückfahrt heute nicht langweilig, denn ich habe Laura kennengelernt. Es war allerdings ein Wunder, dass wir es überhaupt geschafft haben, miteinander zu sprechen.
Aber von vorn: Laura war in Hannover eingestiegen. Ihr Vater hatte sie zum Zug begleitet und ihr noch die Platznummer hinterhergerufen. Darüber war sie richtig rot geworden. Das fand ich total süß. Und dann stand sie plötzlich vor mir und fragte mit heller Stimme, ob der Platz mir gegenüber die Nummer 95 sei. Was für ein Glück, dachte ich mir. Vielleicht kommen wir ja ins Gespräch. Aber sie packte dann schnell ein Buch aus und war für die nächste Stunde kaum noch zu sehen. Das fand ich total schade. Ich habe dann auch erst einmal in meinem Buch weitergelesen. Allerdings war es nicht so leicht, die Seiten umzublättern, denn neben mir saß ein blondes Mädchen, das an meiner Schulter geschlafen hat. Das Mädchen war mit mir in Berlin eingestiegen und hatte schon gesagt, dass es sehr

© Westermann Gruppe

müde sei. Deshalb wollte ich das Mädchen nicht stören und habe es einfach schlafen lassen. Sie hätte dann auch beinahe ihren Halt in Wuppertal verpasst. Der Zug stand schon längst, als sie plötzlich aufsprang, ihr Gepäck schnappte und noch gerade so aussteigen konnte. Da fiel mir plötzlich der verdatterte Blick von Laura auf. Sie dachte, das Mädchen sei meine Freundin gewesen. Da habe ich ihr erst einmal erklärt, dass wir uns gar nicht kannten. Daraufhin hatte Laura total süß gelächelt. Das ist meine Chance, dachte ich, und fing ein Gespräch mit ihr an. Viel Zeit hatten wir leider nicht mehr, da die Fahrt nur noch gut eine Stunde dauerte. Aber Laura erzählte, dass sie ihre Tante für zwei Wochen in Bad-Godesberg besucht. Also fragte ich sie, ob sie nicht Lust auf ein Treffen hätte. Ich könnte ihr ein paar schöne Ecken in Bonn zeigen. Wir tauschten dann unsere Handynummern aus. Laura hatte mir vorhin auch schon über WhatsApp geschrieben, dass sie gut bei ihrer Tante angekommen ist. Ich hatte ihr gleich geantwortet, wie sehr ich mich über unser Gespräch gefreut habe. Hoffentlich sehen wir uns bald wieder!

Seite 38, Aufgabe 2:
„Kinder und Jugendliche unter 16 Jahren dürfen zwischen 5 und 23 Uhr auch alleine eine Gaststätte besuchen, wenn sie dort etwas essen und trinken." Die Aussage ist richtig.

„Jugendliche ab 16 Jahren dürfen eine Gaststätte zu jeder Zeit besuchen." Die Aussage ist falsch. Das ist nur auf einer Reise möglich. Ohne Begleitung (z. B. die Eltern) dürfen Jugendliche ab 16 Jahren zwischen 24 und 5 Uhr keine Gaststätte besuchen.

„Kinder und Jugendliche unter 16 Jahren dürfen auch zwischen 24 und 5 Uhr eine Gaststätte besuchen, wenn sie eine Reise machen." Die Aussage ist richtig.

Seite 38, Aufgabe 3:
Cem darf sich in der Kneipe nur aufhalten, wenn er dort auch etwas isst oder trinkt. Ansonsten müsste er von einer volljährigen Person begleitet werden, die sich im Auftrag der Eltern um ihn kümmert. Das können aber weder sein Bruder noch dessen Freund sein, da beide erst 17 Jahre alt sind.

Leni darf sich auch noch bis 2 Uhr in dem Restaurant aufhalten, da es eine Familienfeier ist. Sie ist also mit Begleitung dort (z. B. Lenis Vater).

Seite 40, Aufgabe 2 a)/b):
„Die Schüler dürfen Handys nur vor der ersten Stunde und dann erst wieder nach Unterrichtsschluss benutzen." Die Aussage ist falsch. Zeile 14 (In der langen Mittagspause dürfen Handys benutzt werden.)

„Wenn man sich nicht an das Handyverbot hält, gibt es eine Ermahnung oder eine Strafarbeit. Bei wiederholten Verstößen kann die Schule das Handy sogar wegnehmen." Die Aussage ist richtig. Zeile 16/17

„Die Schüler der Realschule Blaustein lehnen das Handyverbot ab." Die Aussage ist falsch. Zeile 20/21 (Das Handyverbot wird von fast allen Beteiligten akzeptiert.)

„In Baden-Württemberg entscheidet jede Schule selbst, ob sie Handys verbietet oder nicht." Die Aussage ist falsch. Zeile 22

„Wissenschaftler fordern ein Social-Media-Verbot für Kinder und Jugendliche in der Freizeit." Die Aussage ist falsch. Zeile 32–34 (Kinder und Jugendliche sollen klare Regeln vorgegeben bekommen und Social Media nur zu bestimmten Zeiten nutzen dürfen. Außerdem sollen Erwachsene sich wie Vorbilder verhalten.)

Seite 40, Aufgabe 3:
Vor dem Handyverbot durfte man das Handy nur in bestimmten Abschnitten des Schulhofs benutzen. Daran haben sich die Schüler aber nicht gehalten.

Seite 40, Aufgabe 4: *Reihenfolge der Überschriften von oben nach unten*
Striktes Handyverbot während der Unterrichtszeit – Bei Verstoß wird Handy von der Schule eingezogen – Keine einheitlichen Regelungen für Handyverbote im Land – Forscher warnt vor wachsender Gefahr durch zu viel Social Media

Seite 40, Aufgabe 5:
Argumente für das Handyverbot finden sich in den Zeilen 5/6, 12/13, 27/28, 29–32.

Seite 40, Aufgabe 6:
Ein Argument für Handys im Unterricht findet sich in den Zeilen 35–37.

Seite 41, Aufgabe 7: *individuelle Lösungen*

Seite 41, Aufgabe 8: *individuelle Lösungen*

Seite 41, Aufgabe 9:
Der Text ist ein Zeitungsbericht, weil er auch die Hintergründe beleuchtet (Warum? Wie?). Man erfährt, wann das Handyverbot in der Schule gilt und wie die Schule bei Verstößen reagiert (Z. 7–21). Außerdem erklärt der Zeitungsbericht, wie der Umgang mit dem Handy in Baden-Württemberg geregelt ist (Z. 22–23) und welche Empfehlungen es aus der Wissenschaft dazu gibt (Z. 24–37). Es gibt Zitate von Schülern (Z. 11–13), von dem Rektor der Schule (Z. 18–20, 39–40) und von einem Wissenschaftler (Z. 34–37).

Seite 42, Aufgabe 2:
Zuordnung von oben nach unten: Slogan I, Info-Text, Kaufanreiz I, Abbildung des Produkts, Kaufanreiz II, Firmenlogo, Slogan II

Seite 42, Aufgabe 3:
Die Anzeige wirbt für Fischstäbchen ohne künstliche Zusatzstoffe.

Seite 43, Aufgabe 4: *Mögliche Beschreibung*
Im Hintergrund der Werbeanzeige gibt es nur zwei Farben: Der Abschnitt oben ist weiß, der Abschnitt unten ist grau. Das Grau aus dem unteren Abschnitt

© Westermann Gruppe

findet sich auch in der Schrift wieder, die für den ersten Slogan und den Info-Text verwendet wird.
Die Farben sind zurückhaltend und gegensätzlich. Sie passen gut zu der Werbeanzeige. Dadurch lenkt nichts ab von dem Slogan, der Produktabbildung und dem Schild von Stiftung Warentest.

Seite 43, Aufgabe 4:
Mögliche Antworten sind der groß abgedruckte Slogan und die Produktabbildung.
Der Slogan springt sofort wegen seiner Größe und Kürze ins Auge. Er wird auch durch den weißen Hintergrund besonders hervorgehoben.
Die Produktabbildung kann ebenfalls Eyecatcher sein, da sie im Gegensatz zum grauen Hintergrund bunte Farben hat und im Mittelpunkt des Plakats steht. Die knusprigen, angeschnittenen Fischstäbchen sind sehr ansprechend auf einem Teller angerichtet und machen Appetit auf das Produkt.

Seite 43, Aufgabe 6:
Richtig sind: Stabreim-Slogan, Zwei-Wort-Slogan und Gegensatz-Slogan.

Seite 43, Aufgabe 7:
Der Slogan sagt aus, dass die Fischstäbchen von Frosta etwas Besonderes sind (Sie haben „Pfiff".), denn sie haben nichts, das ekelig ist bzw. Missfallen erregen könnte (Sie sind ohne „Pfui".).
Was mit „Pfui" genau gemeint ist, erkennt man erst beim Blick auf den Info-Text. Dieser klärt darüber auf, dass die Fischstäbchen frei von Zusätzen sind. Jetzt wird klar, dass mit dem „Pfui" künstliche Zusatzstoffe gemeint sind und man seine Fischstäbchen ohne diese Zusatzstoffe genießen kann.

Seite 43, Aufgabe 8: *Lösungsvorschlag*
Ich finde die Werbeanzeige gelungen, da sie wie ein kleines Rätsel gestaltet ist. Der kurze Slogan regt zum Nachdenken an. Man möchte schließlich wissen, was mit „Pfui" gemeint ist. Das erfährt man erst, wenn man sich auch den Info-Text durchliest. Man bekommt also nicht gleich von Anfang an die ganze Werbeaussage präsentiert. Man ist vielmehr eingeladen, sich den zweiten Teil der Werbeaussage aktiv zu erschließen. Das macht Spaß und man beschäftigt sich gerne länger mit der Werbeanzeige.

Seite 44, Aufgabe 1:
intere**ss**ant: Silben schwingen, kurzer Stammvokal, man hört den Konsonanten s = doppelter Konsonant

gli**tz**ern: Silben schwingen, tz steht nach kurzem Stammvokal; beim Silbenschwingen wird tz so geschwungen wie Doppelkonsonanten.

die Ka**rr**e: Silben schwingen, kurzer Stammvokal, man hört den Konsonanten r = doppelter Konsonant

verwi**rr**t: verlängern → verwirren; kurzer Stammvokal, man hört den Konsonanten r = doppelter Konsonant

das Geh**äu**se: ableiten → Haus

ve**rr**aten: zerlegen und merken (Vorsilbe ver) → ver + raten

Seite 44, Aufgabe 2:
2) Klassenausflu**g**: verlängern, um g im Auslaut zu hören → Klassenausflüge; Hö**h**le: merken; zwischen einem langen Vokal und einem l steht oft ein stummes h
3) Eis**v**ogel: merken; gl**ä**nzenden: ableiten → Glanz
4) zo**g**: verlängern, um g im Auslaut zu hören → wir zogen; Ze**rr**ung: Silben schwingen, kurzer Stammvokal, man hört den Konsonanten r = doppelter Konsonant
5) Ka**m**era: Silben schwingen, langer Stammvokal = einfacher Konsonant; gesch**ä**tzt: ableiten → Schatz
6) eri**nn**ere: Silben schwingen, kurzer Stammvokal, man hört den Konsonanten n = doppelter Konsonant; Wa**tt**wanderung: zerlegen → Watt + Wanderung, kurzer Stammvokal, man hört den Konsonanten t = doppelter Konsonant

Seite 45, Aufgabe 3a):
Weist du, was ein grünes Klassenzimmer ist?
Merken: ss in der Wortfamilie wird zu ß in Personalform = weißt
Richtik. Es ist Teil der Landesgartenschauen in Baden-Württemberg.
Verlängern, um das g im Auslaut zu hören → richtiger = Richtig
Klassen aller Jahrgenge könen sich hier zu unterschiedlichen Kursen anmelden.
Ableiten → Jahrgang = Jahrgänge;
Silben schwingen, kurzer Stammvokal, man hört den Konsonanten n = doppelter Konsonant = können
Eksperten geben Einblike in verschiedene Themen.
Merken (Vorsilben von Fremdwörtern) = Experten; ck steht nach kurzem Stammvokal; beim Silbenschwingen wird ck so geschwungen wie Doppelkonsonanten = Einblicke
Jüngere können ganz praktisch arbeiten, zum Beispiel beim Ausäen von Pflanzen.
Zerlegen und Merken (Vorsilbe aus):
Aus + säen = Aussäen
Ältere können Gewässer untersuchen und deren wirbelose Bewoner bestimmen.
Zerlegen und Merken (Nachsilbe los) : wirbel + lose = wirbellose; Merken; zwischen einem lang gesprochenen Vokal und einem n steht oft ein stummes h = Bewohner

Seite 45, Aufgabe 3 b):
Seit 1980 findet alle zwei Jare eine Landesgartenschau (Laga) in Baden-Württemberg statt.
Merken; zwischen einem langen Vokal und einem r steht oft ein stummes h = Jahre
Ausrichter dieser Schau sind meist weniger endwickelte Stäte und Gemeinden.
Zerlegen und Merken (Vorsilbe ent): ent + wickelte = entwickelte; Merken = Städte
Verschiedene Projekte, wie zum Beispiel die Gestaltung von Parganlagen oder Spielpletzen,
Zerlegen und Merken: Park + Anlagen = Parkanlagen;
Ableiten: Spielplatz = Spielplätzen

© Westermann Gruppe

sollen dauerhaft die Lebensquallität der Bewohner ferbessern. Zerlegen, Silben schwingen, langer Vokal: Lebens + Qua lität = einfacher Konsonant; Lebensqualität; Zerlegen und Merken (Vorsilbe ver): ver + bessern = verbessern
Ein wichtiger Teil der Laga ist das grüne Klassenzimer. Zerlegen, Silben schwingen, kurzer Vokal, man hört den Konsonanten m: Klassen + Zim mer = doppelter Konsonant = Klassenzimmer
Hier nehmen Kinder und Jugendliche an einem naturbezogenen Unterricht direckt vor Ort teil.
Merken = direkt

Seite 46, Aufgabe 1:
2) Das (Dies) ist das neueste Poster der Band.
3) Es ist kaum zu glauben, dass das (dies) das letzte Konzert war.

Seite 46, Aufgabe 2:
5) Ich denke, dass (~~dieses, welches~~) diese Aufgabe richtig ist.
6) Du magst Rechtschreibung? Meinst du das (dies) wirklich?
7) Siehst du, dass (~~dieses, welches~~) das Haus, das (welches) am See steht, verlassen ist?
8) Dass (~~Dieses, Welches~~) es morgen schneit, das (dies) glaube ich nicht.
9) Das Brot, das (welches) jetzt noch im Ofen ist, das (dieses) wollen wir später essen.

Seite 46, Aufgabe 3:
Wir hatten schon lange geplant, dass wir ins Freibad gehen. Dass es dann regnete, war Pech. Aber das (dies) störte uns nicht. Wir stellten unsere Sachen unter das (Artikel) Dach bei den Umkleidekabinen. Das (Dies) sollte sie vor der Nässe schützen. Wir sprangen gleich in das (Artikel) Wasser, das (welches) noch warm war. Das (Artikel) Schwimmbecken war so leer, dass wir ungehindert mit einem Ball spielen konnten. Leider sahen wir bald, dass ein Gewitter aufzog. Als das (Artikel) erste Donnergrollen zu hören war, verließen wir das (Artikel) Bad.

Seite 47, Aufgabe 1:
Thermometer, Display, Methode, Genie, Labyrinth, Teenager, Chance, Atelier, daten, Revolution, Copyright, virtuell, präsentieren

Seite 47, Aufgabe 2:

-ieren:	akzeptieren, diskutieren, addieren
-iv:	Archiv, Motiv, aktiv
-tät:	Attraktivität, Realität, Aggressivität
-ling:	Bowling, Mobbing, Recycling
-y:	City, Hobby, Party
-ent:	Konsument, Präsident, Patent
-ion:	Konzentration, Subtraktion, Aktion

Seite 47, Aufgabe 3:
1) Im Sommer trage ich gern T-Shirts.
2) Können Sie uns Plätze reservieren?
3) Wir erhalten eine Brezel gratis.
4) Beim Reisezeitpunkt sind wir flexibel.
5) Dort steht ein Bungalow.
6) Picknick ist verboten.

Seite 48, Aufgabe 1:
Ich SCHWIMME gern im Meer. → Kleinschreibung → Verb (du schwimmst)
Mir macht auch TAUCHEN großen Spaß. → Großschreibung → Nominalisierung (Erweiterungsprobe: das tiefe Tauchen)
Es gab LAUT Polizei viele Unfälle. → Kleinschreibung → Nomen, das wie eine Präposition gebraucht wird
Wir besuchen den ENGLISCHEN Garten in München. → Großschreibung → besonderer Eigenname
Du bist selbst SCHULD an deiner Note. → Kleinschreibung → Nomen, das wie ein Adjektiv gebraucht wird.
Wir wurden zu RECHT gelobt. → Großschreibung → Nomen in festen Wendungen
Der ERSTE Mai ist ein Feiertag. → Großschreibung → besonderer Eigenname
Am BESTEN gefällt mir diese Hose. → Kleinschreibung → Superlative mit am schreibt man klein
Du schreibst das Wort genau RICHTIG. → Kleinschreibung → Adjektiv
In der Arbeit ist das ABSCHREIBEN nicht erlaubt. → Großschreibung → Nominalisierung (Erweiterungsprobe: das saubere Abschreiben)
Ich bin im DUNKELN nicht gern allein. → Großschreibung → Nominalisierung (Erweiterungsprobe: im unheimlichen Dunkeln)

Seite 49, Aufgabe 2: *Die Signale für die Großschreibung sind grau markiert. In der eckigen Klammer wurde die Erweiterungsprobe angewendet.*
Sie „sehen“ mit den [großen] Ohren.
Sie „fliegen“ mit den [knochigen] Händen.
Sie hängen kopfüber in [dunklen] Höhlen.
Ihr [kurzes] Leben spielt sich in der [nächtlichen] Dunkelheit ab.

Seite 49, Aufgabe 3: *Die Signale für die Großschreibung sind grau markiert. In der eckigen Klammer wurde die Erweiterungsprobe angewendet.*
die [dunkle] Nacht; ihren [sicheren] Verstecken; [hohen] Kirchtürmen
alten Bäumen; [schmale] Felsspalten; die [nächtliche] Dunkelheit
[großen] Ortschaften; [kleine] Fledermäuse;
der [unmittelbaren] Nähe; [grusligen] Friedhöfen
[ängstliche] Menschen; letzter Sekunde
manchem Beobachter; einen [gewaltigen] Schrecken
[kleine] Berührung
die [scheuen] Tiere; [nächtliche] Futtersuche
[leckere] Insekten; einige Arten; [süße] Blüten;
[süße] Früchte
das [dumme] Gerücht; [gefährliche] Krankheiten
die [rücksichtslose] Zerstörung; ihres [natürlichen] Lebensraumes; vom [schnellen] Aussterben

Seite 50, Aufgabe 1:
Die Klasse ist LEISTUNGSWILLIG. → zusammen → leistungswillig
Der Aufsatz ist SEITENLANG. → zusammen → seitenlang
In der Nacht war es BITTERKALT. → zusammen → bitterkalt

© Westermann Gruppe

PFERDESTEHLEN ist eine Straftat. → zusammen → Pferdestehlen (Nominalisierung, das gemeinsame Pferdestehlen)
Ich kann doch nicht HELLSEHEN! → zusammen → hellsehen
Pass auf: Du kannst LEICHTFALLEN! → getrennt → leicht fallen
Ich möchte heute früher SCHLAFENGEHEN. → getrennt → schlafen gehen
Wir werden an diesem Kurs TEILNEHMEN. → zusammen → teilnehmen
Sie hat ihren Freund einfach SITZENLASSEN. → getrennt oder zusammen → sitzen lassen oder sitzenlassen
Die Pommes waren SCHWERVERDAULICH. → getrennt → schwer verdaulich
Das Essen war MEGASCHARF. → zusammen → megascharf

Seite 51, Aufgabe 1:

1) Vor der Kirche ist eine Menschenmenge zusammengelaufen.
2) Manche Wörter muss man zusammenschreiben.
3) Du solltest mal alle deine Sachen zusammensuchen!
4) Wollen wir nicht eine Geschichte zusammen schreiben?
5) Wir beide sollten noch ein Stück zusammen laufen.
6) Wir werden das Buch im Unterricht zusammen lesen.
7) Der Turm wird durch die Sprengung in sich zusammenfallen.
8) Ich musste mein letztes Taschengeld zusammenkratzen.
9) Man muss die einzelnen Teile zusammensetzen.
10) Ob wir uns auf die wackelige Bank zusammen setzen können?
11) Das Pferd wird unter der Last noch zusammenbrechen.
12) Wir werden nachher zusammenkommen, um über das Thema zu sprechen.
13) Tina und Arne werden zum Fest zusammen kommen.
14) Dieses Lied müssen wir zusammen singen.

Seite 52, Aufgabe 1:

1) Ein Frosch hüpft in ein Käsegeschäft. „Was wünschen Sie?“, fragt die Verkäuferin. „Na, was wohl?“, antwortet der Frosch. „Quaak!“
2) Eine Frau steht vor einem Gehege im Zoo. „Was würden diese Tiger wohl sagen, wenn sie reden könnten?“, fragt sie ihren Begleiter. Der sagt: „Dass sie Leoparden sind.“
3) Im Wald trifft ein Igel auf einen Wolfshund. „Was bist du denn für einer?“, fragt der Igel. Der Gefragte antwortet: „Ich bin ein Wolfshund.“ Und er fährt fort: „Mein Vater war ein Wolf und meine Mutter ein Hund.“ „Ach so!“, sagt der Igel und geht weiter. Dann trifft er ein anderes Tier. „Ich würde gern wissen“, fragt er, „was du bist.“ „Ich bin ein Ameisenbär“, antwortet das Tier. „Das glaub ich jetzt nicht!“, ruft der Igel.
4) „Wohnt hier“, fragt ein Fremder den Hausmeister, „ein gewisser Vogel?“ „Jawohl“, antwortet der Hausmeister, „im dritten Stock.“ Und er fügt hinzu: „Heißen tut er aber Sperling.“
5) Die Lehrerin fragt in der Grundschule: „Kann mir jemand Tiere nennen, die bei uns nicht vorkommen?“ „Ich!“, ruft Klein-Moritz. „Dackel!“ „Die kommen doch aber bei uns vor“, sagt die Lehrerin erstaunt. „Bei uns aber nicht“, sagt Klein-Moritz. „Wenn die sich unterm Bett versteckt haben, dann kannst du rufen und rufen. Die kommen bei uns nicht vor.“
6) Ein Jäger geht mit seinem Sohn in den Wald. Da sieht der Sohn etwas auf dem Waldboden liegen. „Guck, Vater“, sagt er, „da hat ein Hirsch hingeschissen!“ Der Vater belehrt den Sohn: „Das heißt Losung!“ „Ach so“, sagt der Sohn. „Da hat also ein Hirsch seine Losung hingeschissen.“

Seite 53, Aufgabe 1: Die Satzzeichen sind **gefettet**. Die Subjunktion *dass* ist grau hervorgehoben. Die finite Verbform in der indirekten Rede ist *kursiv*.

Lachend fügt sie hinzu**: „**Man bekommt vom Rollstuhlfahren gute Oberarmmuskeln**.“**
Lachend fügt sie hinzu**,** dass man vom Rollstuhlfahren gute Oberarmmuskeln *bekommt***.**
„Hat das Werfen im Sitzen Nachteile**?“,** fragt eine Journalistin**.**
Ob das Werfen im Sitzen Nachteile *hat***,** fragt eine Journalistin**.**
Mia antwortet**: „**Mir fehlt die Energie aus dem Drehstoß**,** den nicht behinderte Sportler haben**.“**
Mia antwortet**,** dass ihr die Energie aus dem Drehstoß *fehlt***,** den nicht behinderte Sportler *haben***.**
Eine Trainingspartnerin wirft ein**: „**Ich finde Mias Technik beim Abwurf genial**.“**
Eine Trainingspartnerin wirft ein**,** dass sie Mias Technik beim Abwurf genial *findet***.**
Der Trainer informiert**: „**Mia ist für die Teilnahme bei Jugend trainiert für Paralympics nominiert**.“**
Der Trainer informiert**,** dass Mia für die Teilnahme bei Jugend trainiert für Paralympics nominiert *ist***.**

Seite 54, Aufgabe 2: Die Satzzeichen sind **gefettet**. Die Subjunktion *dass* ist grau hervorgehoben. Die finite Verbform in der indirekten Rede ist *kursiv*.

Lachend fügt sie hinzu**: „**Man bekommt vom Rollstuhlfahren gute Oberarmmuskeln**.“**
Lachend fügt sie hinzu**,** dass man vom Rollstuhlfahren gute Oberarmmuskeln *bekomme***.**
„Hat das Werfen im Sitzen Nachteile**?“,** fragt eine Journalistin**.**
Ob das Werfen im Sitzen Nachteile *habe***,** fragt eine Journalistin**.**
Mia antwortet**: „**Mir fehlt die Energie aus dem Drehstoß**,** den nicht behinderte Sportler haben**.“**
Mia antwortet**,** dass ihr die Energie aus dem Drehstoß *fehle***,** den nicht behinderte Sportler *hätten***.**
Eine Trainingspartnerin wirft ein**: „**Ich finde Mias Technik beim Abwurf genial**.“**
Eine Trainingspartnerin wirft ein**,** dass sie Mias Technik beim Abwurf genial *finde***.**

© Westermann Gruppe

Der Trainer informiert: „Mia ist für die Teilnahme bei Jugend trainiert für Paralympics nominiert."
Der Trainer informiert, dass Mia für die Teilnahme bei Jugend trainiert für Paralympics nominiert *sei*.
Mias Eltern ergänzen: „Zur gleichen Zeit und am gleichen Ort bestreitet ihre Trainingsgruppe Wettkämpfe bei Jugend trainiert für Olympia."
Ihre Eltern ergänzen, dass zur gleichen Zeit und am gleichen Ort ihre Trainingsgruppe Wettkämpfe bei Jugend trainiert für Olympia *bestreite*.
Mia sagt: „Mein Ziel ist es, mich gemeinsam mit nicht behinderten Jugendlichen in einem Wettkampf zu messen."
Mia sagt, dass es ihr Ziel *sei*, sich gemeinsam mit nicht behinderten Jugendlichen in einem Wettkampf zu messen.
„Für diesen Start drücke ich allen die Daumen", verabschiedet sich die Journalistin.
Sie *drücke* für diesen Start allen die Daumen, verabschiedet sich die Journalistin.

Seite 55, Aufgabe 1: Das Wort zu ist grau hervorgehoben. Der Infinitiv ist unterstrichen. Die Erweiterung ist **gefettet.** Subjunktionen sind *kursiv*.

Fußballvereine schotten ihre Trainingsplätze immer mehr ab, *anstatt* **ihre Fans** zuschauen zu lassen. *Um* **Blicke Neugieriger** zu vermeiden, bauen sie hohe Zäune um das Gelände und hängen sie mit Planen zu. Die Fußballvereine haben immer mehr Angst, **Strategien an „Fußballspione"** zu verraten. Deshalb ist es vielerorts nur noch ein- bis zweimal die Woche möglich, **ein öffentliches Training** zu beobachten.

Seite 55, Aufgabe 2:

a) Oft ist es Besuchern nur noch einmal pro Woche erlaubt, die Stars beim Auslaufen hautnah zu erleben.
b) Das Ziel des Trainings, vernünftig zu üben, war in der Vergangenheit wegen tausender Fans am Spielfeldrand kaum noch möglich.
c) Von Fans mitgeschnittene Trainingseinheiten waren Anlass, die Übungssituationen zu veröffentlichen und zu kommentieren.

Seite 55, Aufgabe 3:

Er versprach mir, diesen Monat einen neuen Fußball zu kaufen.
Er versprach, mir diesen Monat einen neuen Fußball zu kaufen.

Seite 56, Aufgabe 1: Das Partizip ist unterstrichen. Das Wort, auf das sich die Partizipialgruppe bezieht, ist **gefettet.**

Den Berblinger Preis der Stadt Ulm, zurückgehend auf Albrecht Ludwig Berblinger, erhielt 2016 ein Team vom Institut für Flugzeugbau der Universität Stuttgart. **Ludwig Berblinger**, vielen bekannt als der Schneider von Ulm, war einer der Ersten, der den Gleitflug erprobte.
Während **er**, wahrscheinlich die Thermik falsch einschätzend, mit seinem Gleiter in die Donau stürzte, überquerte das moderne Flugzeug sicher die Alpen. Eine Reichweite von ca. 3000 km soll **das Flugzeug von Morgen**, mit einem diesel-elektrischen Hybridantrieb ausgerüstet, besitzen.

Seite 56, Aufgabe 2:

Die Entwicklung der Universität Stuttgart stellte, eine Geschwindigkeit von 178,1 km/h erreichend und eine Entfernung von 502,7 km zurücklegend, einen Rekord auf.
Ein viersitziges Passagierflugzeug, vom Flughafen Stuttgart aus startend, war 2016 das weltweit Erste seiner Art.

Seite 57, Aufgabe 1:

Sie, die Schokolade, war zunächst nur ein Getränk, das die Europäer, spanische Eroberer, bei den Azteken kennengelernt hatten. Von Spanien aus fand dieses süße Getränk, ein Luxusgut, in der Neuzeit Eingang in die europäische Küche. Erst 1847 wurde die Schokolade in ihrer heutigen Form, der Tafelschokolade, erfunden. Durch diese Erfindung konnten nun alle Menschen, die Reichen und die Armen, Schokolade genießen.

Seite 57, Aufgabe 2:

a) In der Schweiz, einem kleinen Alpenland, entwickelte man mithilfe von Milchpulver Trinkschokolade.
b) Heute verzehren Deutsche im Jahr durchschnittlich 11,5 kg Schokolade, Tafeln, Pralinen und Pulver.
c) Wissenschaftler empfehlen dem Durchschnittsbürger, Erwachsene mit einem Energiebedarf von 2000 kcal, maximal 7 g Schokolade am Tag zu essen.
d) Schokolade, ein potentielles Suchtmittel, wird dann gefährlich, wenn man täglich mehrere Tafeln isst.

Seite 58, Aufgabe 1:

a) Obwohl Ihr schon eine Menge über die Kommasetzung gelernt habt (Nebensatz), macht ihr immer wieder Kommafehler. (Hauptsatz)
b) Das geht auch Erwachsenen so (Hauptsatz), falls sie nicht genau auf die Kommas achten. (Nebensatz)
c) Da die Kommas für das Lesen eine große Hilfe sind (Nebensatz), sollte man sich schon um diese bemühen. (Hauptsatz)
d) Ein Text ist nämlich nicht so leicht zu verstehen (Hauptsatz), wenn er ganz ohne Kommas geschrieben wird. (Nebensatz)
e) Die Kommasetzung lernt man also vor allem (Hauptsatz), damit man seinen Lesern das Lesen erleichtert. (Nebensatz)

Seite 58, Aufgabe 2: Die Relativpronomen sind grau hervorgehoben. Die finiten Verbformen im Relativsatz sind unterstrichen. Das Bezugswort ist **gefettet.**

f) **Das Team**, das gewonnen hatte, wurde vom Publikum mit viel Beifall gefeiert.
g) **Die Mannschaft**, die verloren hatte, wurde von der Menge ausgepfiffen.
h) **Der Stürmer**, der den Elfer geschossen hatte, wurde von dem Trainer besonders gelobt.

© Westermann Gruppe

i) Doch der Trainer lobte auch **jeden einzelnen Spieler**, der gut gespielt hatte.

Seite 59, Aufgabe 3: *das* ist grau hervorgehoben. *dass* ist **gefettet.**

Er ärgerte sich über das Länderspiel (Hauptsatz), das er verschlafen hatte. (Nebensatz)
Das ist das letzte Stück Weg (Hauptsatz), das sie immer laufen muss. (Nebensatz)
Sie findet es jedes Mal wieder schade (Hauptsatz), **dass** man dort nicht mehr Rad fahren kann. (Nebensatz)
Sie kommt zu spät zu dem Treffen (Hauptsatz), das sie einfach vergessen hat. (Nebensatz)
Und sie hat nicht einmal eine Entschuldigung dafür (Hauptsatz), **dass** sie es vergessen hat. (Nebensatz)
Sie schaffte es nach ihrer Krankheit wieder (Hauptsatz), **dass** sie mit gutem Appetit aß. (Nebensatz)
Sie holte ihr Brötchen heraus (Hauptsatz), das sie mit gutem Appetit aß. (Nebensatz)

Seite 59, Aufgabe 4:
Alle seine Freunde wussten (Hauptsatz), **dass** Jan beim Fußball einfach nicht verlieren konnte. (Nebensatz)
Und tatsächlich, da gab es wieder so ein Spiel (Hauptsatz), das Jan einfach nicht verlieren konnte. (Nebensatz)
Er hat die große Hoffnung (Hauptsatz), **dass** er in Mathe noch besser wird. (Nebensatz)
Er hofft einfach auf das nächste Ergebnis (Hauptsatz), das bestimmt viel besser wird. (Nebensatz)
Sie freuten sich darüber (Hauptsatz), **dass** sie am Ende doch noch gewonnen hatten. (Nebensatz)
Sie machten ein fantastisches Spiel (Hauptsatz), das sie einfach gewinnen mussten. (Nebensatz)

Seite 59, Aufgabe 5: Richtig

Seite 59, Aufgabe 6:
Dass er in Mathe noch besser wird, (das) hofft er sehr / ist seine große Hoffnung.
Dass sie am Ende doch noch gewonnen hatten, darüber freuten sie sich.

Seite 60, Aufgabe 7:
Wusstest du (Hauptsatz), dass im Januar 2012 im Victoria und Albert Museum in London ein Umhang ausgestellt wurde (Nebensatz 1), der aus Spinnfäden bestand (Nebensatz 2), die 80 Menschen fünf Jahre lang gesammelt hatten (Nebensatz 3)?
Wusstest du (Hauptsatz), dass es bereits im Mittelalter Gewänder aus echter Spinnenseide gab (Nebensatz 1), deren Herstellung so aufwändig war (Nebensatz 2), dass nur sehr reiche Menschen sich diese leisten konnten (Nebensatz 3)?
Wusstest du (Hauptsatz), dass Spinnenseide viermal belastbarer als Stahl ist und um ein Dreifaches ihrer Länge gedehnt werden kann (Nebensatz 1), ohne dass sie reißt (Nebensatz 2)?
Wusstest du (Hauptsatz), dass Spinnenseide (Nebensatz 1), die feiner als menschliches Haar ist (Nebensatz 2), zum Vernähen von Wunden genutzt wird (Nebensatz 1), weil die Fäden nicht wieder entfernt werden müssen (Nebensatz 3), da der Körper sie vollständig abbaut (Nebensatz 4)?
Wusstest du (Hauptsatz), dass Wissenschaftler Spinnenseide erforschen (Nebensatz 1), damit sie diese für die Züchtung von neuem Gewebe wie zum Beispiel Haut einsetzen können (Nebensatz 2), die Brandopfern implantiert werden kann (Nebensatz 3)?
Wusstest du (Hauptsatz), dass künstliche Spinnenseide interessant ist für die Herstellung schusssicherer Westen (Nebensatz 1), die dann besonders leicht sind (Nebensatz 2)?
Wusstest du (Hauptsatz), dass Wissenschaftler Spinnenseide für Implantate nutzen möchten (Nebensatz 1), da sie der menschliche Körper gut verträgt und seltener abstößt (Nebensatz 2)?

Seite 61, Aufgabe 1:
Ich liebe dich,
und du liebst mich,
uns beide also lieben wir.
Wir beide sehr gefallen mir.
Liebtest du alleine dich,
und liebte ich alleine mich,
dann liebten wir uns nicht.

Seite 61, Aufgabe 2:
Joe wartete auf Kathinka, denn meistens fuhren sie gemeinsam mit dem Fahrrad zur Schule. Doch gerade heute hatte er einen Platten. Kathinka zeigte auf ihr Rad und sagte: „Nimm doch meins und ich nehme das Rad meiner Mutter. Deins lassen wir hier erst einmal stehen. Sie mussten unbedingt pünktlich sein, weil die Klasse ein Theaterstück proben wollte. Joe hatte eine wichtige Rolle bekommen. Er sollte die Rolle des „Großen Königs" spielen. Leider spielte er die Rolle vor Aufregung sehr schlecht. Kathinka schlug daher vor, dass sie Joes Rolle übernehmen könne. Sie hätten doch sowieso gemeinsam geübt. So spielte Kathinka also mit ihrer Mädchenstimme den „Großen König".

Seite 62, Aufgabe 1: Demonstrativpronomen haben eine Wellenlinie. Relativpronomen sind unterstrichen. Die Bezugswörter sind **gefettet**.

Kennst du das „Herrgottsbescheißerle"? Nein? Dann gehörst du zu den **Menschen**, die nicht den schwäbischen Dialekt verstehen.
In Baden-Württemberg gibt es **drei große Dialekte**, die sich in **viele kleine Untergruppen** aufteilen. Diese unterscheiden sich manchmal schon von Ort zu Ort. Während man im **Fränkischen**, das im nördlichen Teil des Landes gesprochen wird, einem *Maadla* begegnet, zeigt **der**, der von einem *Maidle* spricht, dass er eher im Südwesten beheimatet ist, wo das Alemannische zu Hause ist. Das *Mädle* gehört zum **schwäbischen Dialekt**, der im Osten und im Zentrum Baden-Württembergs zu finden ist.
Weil **jene**, die Dialekt sprechen, immer weniger werden, hat das Land **ein Programm** beschlossen, das diesen Sprachschatz bewahren soll. Dialekte sind **ein wichtiger Teil unserer Kultur**, der erhalten werden muss. In Kitas und Schulen soll dieses Kulturgut von **Mundartsprechenden**, die den jeweiligen Dialekt beherrschen,

© Westermann Gruppe

vermittelt werden. Außerdem hat das Land **einen Wettbewerb** ins Leben gerufen, an dem sich **Schulen** beteiligen können. Diese können **Beiträge in den Bereichen Musik, Literatur oder soziale Medien** einreichen, die veröffentlicht werden.
Aber kommen wir noch einmal zurück zu den **„Herrgottsbescheißerle"**, bei denen es sich um die schwäbischen Maultaschen handelt. Früher durften die Menschen in der **Fastenzeit**, die von Aschermittwoch bis Ostersonntag dauert, kein Fleisch essen. Daher haben sie das Fleisch einfach in einer Teighülle versteckt. Heutzutage gibt es **das Gericht**, das in ganz Deutschland beliebt ist, auch in vegetarischer Form.

Seite 63, Aufgabe 1:
Das Ereignis ist kaum zu glauben. Auf dem Maxplatz hatten sich viele Menschen versammelt. Ich kam auch hinzu. Alle blickten gebannt zum Dach eines Hauses hinauf. Jemand aus der Menge zeigte mit ausgestrecktem Arm auf das Dach und schrie: „Dort oben! Seht doch! Dort oben!"
Doch niemand konnte etwas erkennen. Ich sah auch nichts. Der in der Mitte schrie immer lauter: „Das glaubt ihr nicht! Doch, der springt gleich!" Doch nichts war zu erkennen. Da ging ich zu dem Schreihals hin und fragte ihn: „Was soll man denn dort oben sehen?" Da sagte der Typ: „Gar nichts! Ich wollte nur mal sehen, wie viele Leute auf mein Geschrei reagieren. Und du siehst ja, etliche tun es."

Seite 63, Aufgabe 2:
1) An dieser Stelle irrst du dich.
2) Wir interessieren uns für dieses Projekt.
3) Zieh dir bitte die Regenjacke an.
4) Sie erholen sich in den Ferien.
5) Ich ruhe mich nur ein bisschen aus.
6) Ihr fragt euch sicher, wohin wir gehen.
7) Ich überlege mir gut, was ich jetzt mache.
8) Sie stellt sich den anderen vor.

Seite 64, Aufgabe 1:
Harburg. Die Polizei in Harburg hat fast zwei Tage lang nach einem vierzehn Jahre alten Mädchen gesucht (Perfekt), das seit Dienstagnachmittag spurlos verschwunden war (Plusquamperfekt). Die Achtklässlerin hatte sich zu Hause verabschiedet (Plusquamperfekt). Sie wollte in einem Geschäft Schulhefte kaufen (Präteritum). In dem Geschäft, das sie sonst immer besuchte (Präteritum), war sie aber nie angekommen (Plusquamperfekt). Gestern Vormittag hatte die Polizei daher ein Bild des Mädchens veröffentlicht (Plusquamperfekt). Sie leitete damit eine groß angelegte Suchaktion ein (Präteritum). Beamte verteilten in verschiedenen Städten der Umgebung Handzettel mit dem Bild des Mädchens und befragten Passanten (Präteritum).

Seite 64, Aufgabe 2:
Ein Sprecher der Polizei sagte: „Wir wenden uns auch auf Facebook mit einer Fahndung an die Öffentlichkeit." Man untersuchte den Computer des Mädchens, setzte einen Hubschrauber und Suchhunde ein und suchte die Bahnstrecke zwischen Hamburg und Hannover ab. Am Donnerstag hat man das Mädchen dann in einem Zug nach Hamburg entdeckt. Eine Zugbegleiterin erkannte die Schülerin und verständigte die Polizei. Was das Mädchen vorhatte, wird man erst nach einer Befragung wissen. Bisher tappt die Polizei im Dunkeln.

Seite 64, Aufgabe 3: Präteritum

Seite 65, Aufgabe 1:
1) Gedichte werden heute im Deutschunterricht (von den Schülern) vorgelesen.
2) Einzelne Verse werden (von einigen Schülern) dabei sehr undeutlich gesprochen.
3) Manche Wörter können (von den Zuhörern) gar nicht richtig verstanden werden.
4) Langeweile wird dadurch (von den Sprechern) sehr schnell erzeugt.
5) Eine Schülerin wird jetzt (von der Lehrerin) aufgerufen.
6) Das Gedicht wird (von der Sprecherin) sehr eindrucksvoll vorgetragen.
7) Der Vortrag wird (von allen) bejubelt.
8) Die Schülerin wird dafür (von der Lehrerin) gelobt.

Seite 66, Aufgabe 1:
Ben baut zuerst das Vorderrad aus (*A*). Dann wird der Reifen von der Felge gezogen (VP). Der kaputte Schlauch wird entfernt (VP). Nachdem der Riss im Schlauch markiert ist (ZP), streicht Ben den Klebstoff auf den Schlauch (A). Wenn der Klebstoff angetrocknet ist (ZP), wird der Flicken auf den Riss geklebt (VP). Danach pumpt Ben den Schlauch leicht auf (A). Der Reifen wird auf die Felge gezogen (VP). Zum Schluss zieht Ben den Schlauch ein (A) und pumpt ihn völlig auf (A). Erst dann wird das Vorderrad wieder eingebaut (VP).

Seite 66, Aufgabe 2:

Aktiv	Vorgangspassiv	Zustandspassiv
baut aus	wird ausgebaut	ist ausgebaut
zieht	wird gezogen	ist gezogen
entfernt	wird entfernt	ist entfernt
markiert	wird markiert	ist markiert
streicht	wird gestrichen	ist gestrichen
trocknet an	wird angetrocknet	ist angetrocknet
klebt	wird geklebt	ist geklebt
pumpt auf	wird aufgepumpt	ist aufgepumpt
zieht ein	wird eingezogen	ist eingezogen
einbauen	wird eingebaut	ist eingebaut

Seite 67, Aufgabe 1:
Die Mutter sagte, sie komme gerade vom Einkauf.
Der Vater fragte, was sie denn Schönes zum Essen mitgebracht habe.
Die Mutter antwortete, heute gebe es wunderbaren Bratfisch.
Jonas sagte, er habe die Aufgabe überhaupt nicht verstanden.
Marie sagte, die sei doch aber ganz leicht.
Jonas fragte, ob sie ihm die Aufgabe nicht erklären könne.
Marie antwortete, das tue sie doch gern für ihn.
Der Bürgermeister sagte, er habe eine große Überraschung für die Schule.
Der Schulhof werde in den Ferien erneuert.

© Westermann Gruppe

Zum Spielen stehe dann einiges an Geräten zur Verfügung.

Seite 68, Aufgabe 2:
Er sagte, er habe ihren Freund Ronny mit einem anderen Mädchen gesehen. Die habe ihn total verliebt angesehen.
Sie sagte, sie habe gestern erfahren, dass er mit einem Mädchen in der Stadt Eis gegessen habe. Die habe ihn ganz verliebt angeschaut.
Und dann fragte sie ihn, ob er sie überhaupt noch liebe.
Ronny sagte lachend, das sei seine Cousine gewesen.
Und das mit dem verliebten Blick könne nur ein Irrtum sein. Sie wisse doch, dass er sie liebe!
Am Abend fragte Rebecca ihren Bruder, was er denn eigentlich gesehen habe. Das Ganze sei doch wohl ein Irrtum gewesen. Er sage das doch nur, weil er Ronny nicht leiden könne.
Johannes sagte, das sei totaler Unsinn. Er habe nichts gegen Ronny.

Seite 69, Aufgabe 2:
Wenn das Spiel doch bald begänne
und wenn unser Team gewänne!
Wenn uns doch ein Sieg gelänge
und der Beifall dann erklänge!
Wenn doch endlich einer käme,
mich in seine Arme nähme!
Wenn sie nur nicht immer löge
und mich mit dem Jan betröge!
Wenn das nur ein Ende fände
und er endlich bald verschwände!
Ach, wie gern ich einmal sähe,
dass was Spannendes geschähe!
Wenn der Regen nicht so gösse
und nicht alles überflösse
und die Wolken bald verschwänden
und wir in der Sonne ständen!

Seite 70, Aufgabe 1:
April, April, der weiß nicht, was er will! Diese Redewendung beschreibt das typische Aprilwetter. Schließlich wechseln sich Sonne, Regen oder sogar Schnee und Hagel ständig ab
Dunkle Wolken türmen sich am Himmel auf. Dahinter verbirgt sich die Sonne.
Dicke Hagelkörner prasseln auf die Erde, weswegen sich eine Amsel unter ein Dach flüchtet
Nach ein paar Minuten ist der Spuk vorbei und die Sonne scheint am blauen Himmel. Deshalb spricht man vom launischen Monat April.
Durch die Klimaerwärmung ist der April immer häufiger zu warm und zu trocken. Trotzdem sollte man den Regenschirm immer griffbereit haben.

Seite 71/72, Aufgabe 1: *Individuelle Lösungsmöglichkeiten*
1) Im Prinzip möchte der Mensch seinen Kuchen gern teilen.
2) Aber das größte Stück Kuchen will der Mensch für sich selbst.
3) Manchmal muss er sich das sogar durch Lügen ergattern.
4) Das zeigte zum Beispiel kürzlich ein Experiment.
5) Hier saßen die Teilnehmer unbeobachtet in einem Raum.
6) Sie mussten mit drei Würfeln würfeln.
7) Danach mussten sie die gewürfelte Augenzahl selbst angeben.
8) Je nach Augenzahl bekamen sie Geld.
9) Bei diesem Experiment wurden nun öfter höhere Beträge ausgezahlt als niedrige.
10) Das ist aber statistisch nicht möglich.
11) Es musste also unter den „erfolgreichen" Teilnehmern Betrüger gegeben haben.
12) Die wurden für ihre Lügen auch noch belohnt.
13) Für einen Kaufmann zum Beispiel gilt das aber nicht.
14) Der betrügt seine Kunden nicht.
15) Die Kunden sollen ja immer wiederkommen.
16) Einen betrügerischen Kaufmann besucht man kein zweites Mal.
17) Hier schadet also dem Lügner die Lüge.
18) Das ist in den meisten Fällen so.
19) Nur ehrliche Menschen können auf lange Sicht ein gelungenes Leben führen.

Seite 73, Aufgabe 1:
a) Gestern passierte vor unserer Schule ein Unfall.
b) Was war geschehen?
c) Ein sechsjähriges Mädchen war plötzlich auf die Straße gelaufen, wobei es von einem Radfahrer gestreift wurde.
d) Ein zufällig vorbeikommender Mann hatte den Unfall beobachtet.
e) Er eilte dem Mädchen sofort zu Hilfe.
f) War es verletzt?
g) Hatte es Schmerzen?
h) Gemeinsam mit einem Schüler hob er das Mädchen auf, als im selben Moment ein Polizeiauto vorbeikam, das sofort anhielt.
i) Der Schüler berichtete dem Polizisten, wie es zu dem Unfall gekommen war.
j) Als sie sahen, dass das Mädchen glücklicherweise nicht verletzt worden war, nahm der Polizist die Adressen von allen dreien auf.
k) Dann haben die Polizisten das Mädchen nach Hause gebracht mit dem Polizeiauto.

Seite 74, Aufgabe 2:
Die linke Verbklammer und das Mittelfeld sind immer besetzt.
Die finite Verbform steht im Hauptsatz an zweiter Stelle, im Nebensatz an letzter Stelle.

	Vorfeld	linke SK	Mittelfeld	rechte SK	Nachfeld
a)	Gestern	passierte	vor unserer Schule ein Unfall.		
b)	Was	war		geschehen?	

© Westermann Gruppe

c)	Ein sechsjähriges Mädchen	war	plötzlich auf die Straße	gelaufen,	
		wobei	es von einem Radfahrer	gestreift wurde.	
d)	Ein zufällig vorbeikommender Mann	hatte	den Unfall	beobachtet.	
e)	Er	eilte	dem Mädchen sofort zu Hilfe.		
f)		War	es	verletzt?	
g)		Hatte	es Schmerzen?		
h)	Gemeinsam mit einem Schüler	hob	er das Mädchen	auf,	
		als	im selben Moment ein Polizeiauto	vorbeikam,	
		das	sofort	anhielt.	
i)	Der Schüler	berichtete	dem Polizisten,		
		wie	es zu dem Unfall	gekommen war.	
j)		Als	sie	sahen,	
		dass	das Mädchen glücklicherweise nicht	verletzt worden war,	
		nahm	der Polizist die Adressen von allen dreien	auf.	
k)	Dann	haben	die Polizisten das Mädchen nach Hause	gebracht	mit dem Polizeiauto.

Seite 74, Aufgabe 3:
Verb**erst**satz: f), g), j 3)
Verb**zweit**satz: a), b), c 1), d), e), h 1), i 1), k)
Verb**letzt**satz: c 2), h 2), h 3), i 2), j 1), j 2)

Seite 75, Aufgabe 1: Die finiten Verbformen stehen in der 3. Person Singular.

Über ihre neue Frisur wurde gelästert.
Über eine Lösung des Problems wurde lange nachgedacht.
Über das Konzert wird noch lange gesprochen.
Mit einer Strafe muss gerechnet werden.
Die Tür wird mir geöffnet.

Seite 75, Aufgabe 2:
Mich dürstet. → Es dürstet mich.
Mir ist abwechselnd heiß und kalt. → Es ist mir abwechselnd heiß und kalt.
Mich friert bei dieser Nässe. → Es friert mich bei dieser Nässe.
Mir ist vom Busfahren schlecht. → Es ist mir vom Busfahren schlecht.

Seite 76, Aufgabe 1:
Ich habe genau gesehen, dass du bei mir abgeschrieben hast.
Ich habe **wen oder was** genau gesehen? → Objektsatz
Dass wir den Bus verpasst haben, war für uns sehr ärgerlich.
Wer oder was war für uns ärgerlich? → Subjektsatz
Wir befürchten, dass sich das Klima noch schneller erwärmt.
Wir befürchten **was**? → Objektsatz
Jemand erzählt mir, wie es zu diesem Unfall kam.
Jemand erzählt mir **was**? → Objektsatz
Ich weiß nicht genau, was ich lernen soll.
Ich weiß **was** nicht genau? → Objektsatz
Es freut mich, dass du gekommen bist.
Was freut mich? → Subjektsatz

Seite 76, Aufgabe 2:
Ich frage mich, ob ich einen Regenschirm mitnehmen muss.
Es ärgert mich, dass ich den Bus verpasst habe.
Wir denken darüber nach, ob wir zum Baggersee gehen.
Es ist unklar, ob er an der Fahrt teilnimmt.

Seite 77, Aufgabe 1:
1) Er fragt, was ich bei dieser Aufgabe nicht verstehe.
2) Sie weiß nicht, was morgen bei der Klassenarbeit dran ist.
3) Ich überlege, ob ich in den Ferien ein Praktikum mache.
4) Wir möchten wissen, wann du wieder zum Training kommen kannst.
5) Sagen Sie mir bitte, wie ich zum Bahnhof komme.
6) Weißt du, wann Carlo Geburtstag hat?
7) Ich weiß noch nicht, ob ich morgen mit zum Schwimmen gehe.
8) Wir verstehen nicht, wie das passieren konnte.
9) Ich frage mich, wie du so gemein sein konntest.
10) Die Kellnerin fragt, ob ich noch etwas bestellen möchte.
11) Mich interessiert, ob man diese Frucht mit der Schale essen kann.

© Westermann Gruppe

12) Ich bin mir nicht sicher, ob die Sahne noch genießbar ist.

Seite 78, Aufgabe 1:
Ein junges Ehepaar war in ein einsam gelegenes Haus auf dem Lande gezogen. Eines Nachts hörte die Frau seltsam klingende Geräusche. Ein lautes Poltern kam vom Dachboden des Hauses. Sie erzählte ihrem Mann davon. Der vermutete, dass es sich wohl um spielende Marder handeln würde. Die Frau gewöhnte sich an das nächtliche Treiben. Sie traute sich aber nicht, die Luke zum Dachboden zu öffnen. Eines Tages stieg sie doch hinauf und erschrak fürchterlich über den Anblick. Überall lagen Essensreste und Flaschen. Schlagartig wurde ihr klar, dass der Müll auf dem Boden von Menschen stammen musste. Die herbeigerufene Polizei konnte nichts mehr tun, denn die „Hausgenossen" des Paares waren verschwunden.

Seite 78, Aufgabe 2:
Ein junges (Adjektivattribut) Ehepaar, das zuvor in der Stadt gelebt hatte (Relativsatz), war in ein einsam gelegenes (Partizipialattribut) Haus auf dem Lande (Präpositionalattribut) gezogen. Eines Nachts hörte die Frau seltsam klingende (Partizipialattribut) Geräusche. Ein lautes (Adjektivattribut) Poltern kam vom Dachboden des Hauses (Genitivattribut). Der Mann versuchte, seine Frau zu beruhigen. Er vermutete, dass es sich wohl um spielende (Partizipialattribut) Marder handeln würde. Die Frau gewöhnte sich an das nächtliche (Adjektivattribut) Treiben. Sie traute sich aber nicht, die Luke zum Dachboden zu öffnen (Infinitivsatz + Präpositionalattribut). Als sie es aber doch tat, erschrak sie fürchterlich über den Anblick, der sich ihr bot (Relativsatz). Überall lagen Essensreste und Flaschen. Schlagartig wurde ihr klar, dass der Müll auf dem Boden (Präpositionalattribut) von Menschen stammen musste. Die herbeigerufene (Partizipialattribut) Polizei konnte nichts mehr tun, denn die „Hausgenossen" des Paares (Genitivattribut) waren verschwunden.

Seite 79, Aufgabe 1: Die Hauptsätze haben eine Wellenlinie, die Nebensätze sind unterstrichen.

Nachdem eine Segeljacht Wilhelmshafen verlassen hatte, kam ihr ein Frachter entgegen. Die Jacht hatte eben noch in der Bucht gekreuzt, **als** Spaziergänger an Land auch schon das Unglück kommen sahen. **Da** die Crew des Seglers plötzlich die Richtung wechselte, rammte der Frachter den Segler. Die Spaziergänger benachrichtigten die Wasserschutzpolizei, **damit** sie die Segler retten.

Vorfeld	linke SK	Mittelfeld	rechte SK
	Nachdem	eine Segeljacht Wilhelms-hafen	verlassen hatte,
	kam	ihr ein Frachter	entgegen.
Die Jacht	hatte	eben noch in der Bucht	gekreuzt,
	als	Spaziergän-ger auf dem Deich auch schon das Unglück	kommen sahen.
	Da	die Crew des Seglers plötzlich die Richtung	wechselte,
	rammte	der Frachter den Segler.	
Die Spazier-gänger	benachrich-tigten	die Wasser-schutzpolizei,	
	damit	sie die Segler	retten.

Seite 80, Aufgabe 2:
Nachdem eine Segeljacht Wilhelmshaven verlassen hatte (Nebensatz 1 / Temporalsatz), kam ihr ein Frachter (Hauptsatz, Teil 1), **der** mit Stückgut beladen war (Nebensatz 2 / Relativsatz), entgegen (Hauptsatz, Teil 2).
Die Crew hatte eben noch in der Bucht gekreuzt (Hauptsatz), **als** mehrere Spaziergänger (Nebensatz 1 / Temporalsatz, Teil 1), **die** auf dem Deich gingen (Nebensatz 2 / Relativsatz), das Unglück kommen sahen (Nebensatz 1 / Temporalsatz, Teil 2).
Während sich der Frachter der Jacht näherte (Nebensatz 1 / Temporalsatz), ahnte offenbar niemand auf der Jacht (Hauptsatz), **dass** sich ein Zusammenstoß anbahnte (Nebensatz 2).
Nur die Zuschauer (Hauptsatz, Teil 1), **die** beide Schiffe beobachteten (Nebensatz 1 / Relativsatz), bemerkten (Hauptsatz, Teil 2), **dass** etwas nicht stimmte (Nebensatz 2).
Und da passierte es tatsächlich (Hauptsatz), **dass** der Frachter mit dem Segler in dem Augenblick zusammenstieß (Nebensatz 1), **als** die Mannschaft des Seglers die Richtung wechselte (Nebensatz 2 / Temporalsatz).
Die Spaziergänger benachrichtigten die Wasserschutzpolizei (Hauptsatz), **damit** sie die Segler retten (Nebensatz).
Die Polizei teilte mit (Hauptsatz), **dass** der Mast der 13 Meter langen Segeljacht gebrochen war (Nebensatz 1), **während** an dem 80 Meter langen Frachter keine Schäden festgestellt wurden (Nebensatz 2).
Solange die näheren Umstände nicht geklärt sind (Nebensatz / Temporalsatz), geht die Polizei von menschlichem Versagen aus (Hauptsatz).
Bisher sei nur sicher (Hauptsatz), **dass** den Kapitän des Frachters keine Schuld treffe (Nebensatz).

© Westermann Gruppe

Mein Vater, mein Vater, und siehst du nicht dort
Erlkönigs Töchter am düstern Ort? –
Mein Sohn, mein Sohn, ich seh es genau;
Es scheinen die alten Weiden so grau. –

„Ich liebe dich, mich reizt deine schöne Gestalt;
Und bist du nicht willig, so brauch ich Gewalt!"
Mein Vater, mein Vater, jetzt fasst er mich an!
Erlkönig hat mir ein Leids getan! –

Dem Vater grauset's, er reitet geschwind,
Er hält in den Armen das ächzende Kind,
Erreicht den Hof mit Mühe und Not;
In seinen Armen das Kind war tot.

2 In einer Inhaltsangabe darfst du die direkte Rede nicht übernehmen.
Lies dazu den Info-Kasten.

3 Fasse die markierten Schlüsselelemente der Ballade in Wortgruppen zusammen.
Schreibe in die rechte Spalte. Orientiere dich an den Beispielen.

4 Fasse die markierten Schlüsselelemente der Ballade in Wortgruppen zusammen.
Nutze zur indirekten Redewiedergabe den Konjunktiv I.
Schreibe in die rechte Spalte. Orientiere dich an den Beispielen.

5 Ergänze die Informationen für den Einleitungssatz.

Textsorte: ______________________

Autor: ______________________

Titel: ______________________

Umgang mit direkter Rede in Inhaltsangaben

- Eine Inhaltsangabe gibt **knapp** und **sachlich** die Handlung eines Textes wieder.
- Deshalb musst du alle **unterhaltsamen Textteile** – auch die **direkte Rede** – **weglassen**.
- Du kannst direkte Rede **sachlich umschreiben** oder **indirekt** wiedergeben:

Direkte Rede: *Siehst, Vater, du den Erlkönig nicht? – Mein Sohn, es ist ein Nebelstreif.*
Umschreibung: *Der Sohn glaubt, den Erlkönig zu sehen.*
Für den Vater ist es nur Nebel.
Indirekte Rede: *Der Sohn fragt, ob der Vater den Erlkönig auch sieht.*
Der Sohn fragt, ob der Vater den Erlkönig auch sehe. (Konjunktiv I)
Der Vater beruhigt seinen Sohn, dass es nur Nebel ist.
Der Vater beruhigt seinen Sohn, dass es nur Nebel sei. (Konjunktiv I)

6 Entscheide, welches Thema für den Text am treffendsten ist. Kreuze an.

Der Dichter zeigt die Fieberfantasien eines Kindes. ☐
In dem Text geht es um einen Jungen, dem seine Fantasie am Ende zum Verhängnis wird. ☐
Der Text handelt von einem Kind, das Wirklichkeit und Fantasie nicht mehr trennen kann. ☐

7 Schreibe mithilfe deiner Markierungen und Randnotizen eine Inhaltsangabe.
Beachte die Checkliste im Schulbuch auf S. 61.

Eine Personenbeschreibung verfassen

Du hast auf einem Klassenausflug am Bahnhof Miu kennengelernt und dich mit ihr nett unterhalten.
Miu ist 21 Jahre alt und Reisefotografin. Sie macht gerade eine Rundreise durch Baden-Württemberg.

1 Verfasse eine Personenbeschreibung von Miu.
- Sieh dir das Bild von Miu ganz genau an.
- In der Mindmap findest du schon Angaben für die Personenbeschreibung. Schau dir die Mindmap an. Ergänze weitere Details.

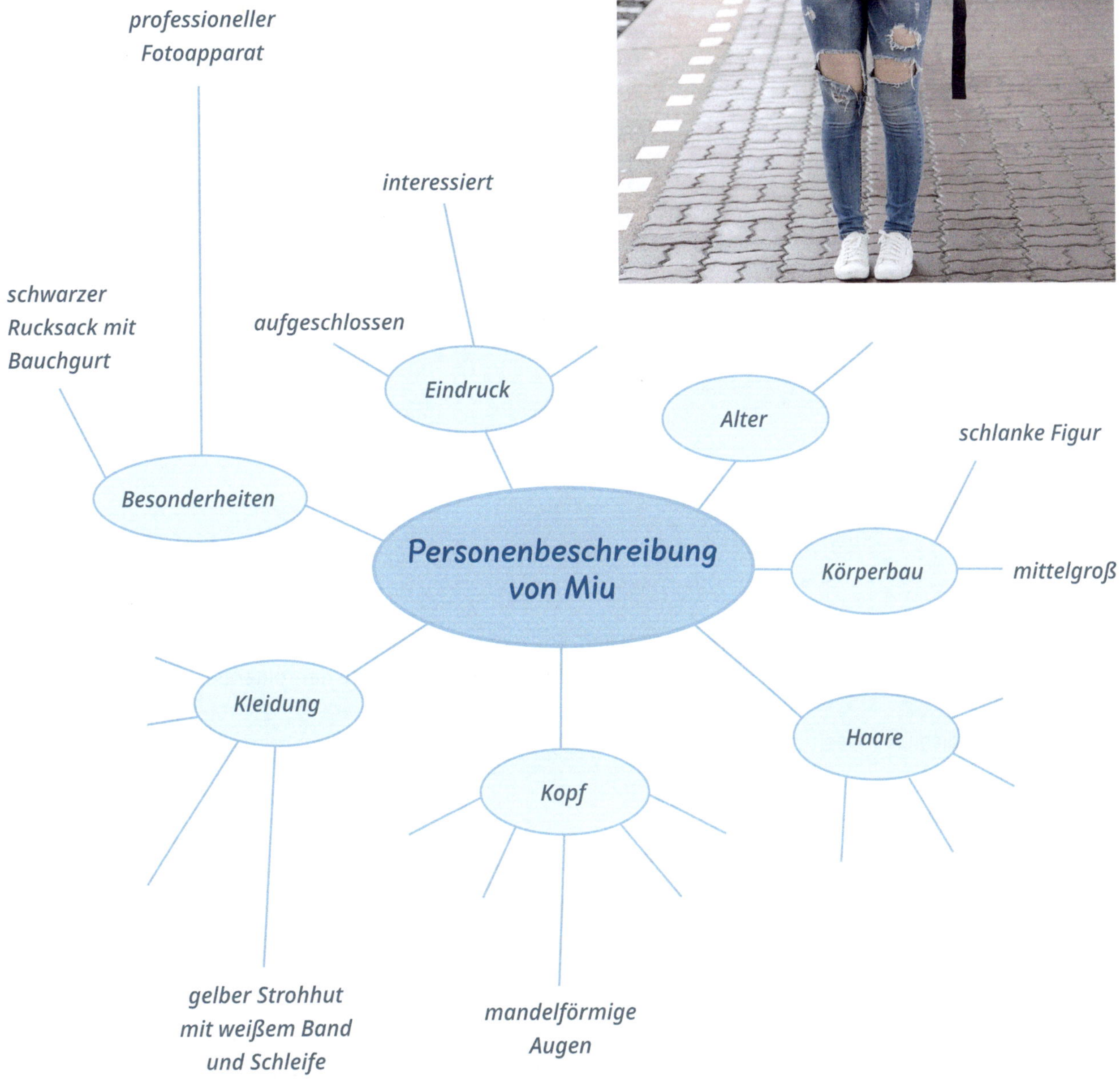

2 Verfasse nun mithilfe der Mindmap eine Personenbeschreibung von Miu in deinem Heft.
So kannst du beginnen:
Bei unserem letzten Klassenausflug habe ich am Bahnhof Miu kennengelernt.
Miu ist Reisefotografin. Sie ist … Jahre alt und macht gerade …
Miu ist mittelgroß und hat eine schlanke Figur. Sie hat …

Einen argumentierenden Text schreiben

Khaled beschäftigt sich gerade mit dem Thema Körpermodifikationen. So nennt man Veränderungen am Körper aus optischen und nicht medizinischen Gründen. Er hat seinem Freund Samet dazu eine E-Mail geschrieben.

1 Lies die E-Mail von Khaled.

Hi Samet,

nur noch wenige Wochen, dann sind endlich Sommerferien. Cool, dass du mich besuchen kommst. Vielleicht habe ich dann eine Überraschung für dich. Auf unserem Pfingstfest habe ich kürzlich einen echt coolen Typen kennen gelernt. Der hat diese Flesh Tunnel in den Ohren. Ich überlege ja schon länger, ob ein Piercing etwas für mich wäre. Warum also nicht so eins? Das wäre mal was Besonderes. Diese kleinen Ohrstecker hat doch jeder. Wenn wir uns in acht Wochen sehen, wirst du meine Flesh Tunnel vielleicht schon bestaunen können. Ich überlege, mir größere Tunnel mit mindestens 30 mm zu machen.
Was hältst du von meiner Idee? Ich bin noch etwas unsicher.

Ich bin gespannt auf deine Meinung!

Bis demnächst, Khaled

2 Schreibe auf, was Khaled plant.

____

____

3 Was möchte Khaled von Samet?

____

Schreibe im Namen von Samet eine Antwort an Khaled. Stelle darin deinen Standpunkt zum Thema Flesh Tunnel dar. Gib ihm einen Rat, wie er sich entscheiden soll. Bereite deinen Text mithilfe der folgenden Aufgaben vor.

4 Informiere dich über Flesh Tunnel. Lies dazu den folgenden Text.

Flesh Tunnel

Einfache Piercings, also kleine Ohrlöcher mit Ohrringen darin, sind heute nicht mehr ungewöhnlich. Schon die Ururoma trug ihre Ohrringe mit Stolz. Wer stärker auffallen und sich von der Masse abgrenzen möchte, greift daher zu Extremerem wie Flesh Tunnel (wörtlich übersetzt „Fleischtunnel"). Das sind geweitete Ohrlöcher mit einem Ohrschmuck, der eine große Öffnung freilässt.

Für einen Flesh Tunnel braucht man viel Zeit und Geduld. Zunächst muss man sich ein Ohrloch stechen und dieses komplett ausheilen lassen. Danach wird das Ohrloch mithilfe eines Dehnungsstabes (dem Plug) schrittweise geweitet. Immer um einen Millimeter. Ungefähr alle vier Wochen ersetzt man diesen durch einen etwas dickeren Plug. So kann es schon ein Jahr dauern, bis man eine kleinere Dehnung von 10 mm erhält. Wer eine Dehnung von mehreren Zentimetern haben möchte, muss sogar mehrere Jahre einplanen. Erst wenn das Ohrläppchen ausreichend gedehnt ist, wird der Ohrschmuck (Tunnel oder Eyelet genannt) eingesetzt.

Mit einem Flesh Tunnel nimmt man ein medizinisches Risiko auf sich, denn es besteht die Gefahr von Infektionen, Verletzungen und Vernarbungen. So kann sich während der Dehnungsphase die Wundstelle schwer entzünden. Außerdem kann es an den Außenrändern des Ohrs zu Durchblutungsstörungen kommen, da die Haut hier sehr dünn ist. Zusätzlich kann das Ohrläppchen beim Dehnen reißen. In solchen Fällen muss man unbedingt den Arzt aufsuchen.

Um Infektionen und Vernarbungen zu vermeiden, muss man Flesh Tunnel gut pflegen. Sie sind daher viel pflegeintensiver als einfache Ohrpiercings. Die Haut muss in der Dehnungsphase rund um den Plug z. B. zweimal täglich sauber getupft und mit einem antibakteriellen Spray behandelt werden. Es sammeln sich an der Wundstelle nämlich getrocknete Sekrete und Talkablagerungen. Später muss man die Haut mit einer Wundsalbe geschmeidig halten und den Ohrschmuck regelmäßig mit Wasser und einer antibakteriellen Lösung reinigen.

Ein Flesh Tunnel ist oft eine Entscheidung für das ganze Leben. Nur wenn das Ohrloch höchstens einen Zentimeter gedehnt wurde, kann es sich wieder zusammenziehen. Ein Ohrloch wird man aber immer haben. Um einen größeren Tunnel zu schließen, muss man zum Chirurgen gehen. Dieser rekonstruiert das Ohrläppchen wieder. Das ist jedoch ein teurer Eingriff, der aus eigener Tasche bezahlt werden muss. Die Krankenkasse kommt dafür nicht auf.

Warum aber entscheiden sich Menschen für so ein Piercing? Bei einigen Bevölkerungsgruppen in Afrika, Südamerika oder Asien haben sie eine lange Tradition. Hier gelten geweitete Ohrläppchen und Nasenflügel oder Tellerlippen schon lange als Schönheitsideal und als Statussymbol. Oft werden diese Körpermodifikationen bei besonderen Zeremonien vorgenommen. Damit zeigt man z. B., dass man in einen besonderen Kreis aufgenommen wurde.

Auch bei uns möchten sich viele durch solche Körpermodifikationen besonders und attraktiver fühlen. Das soll sich laut einer Studie der Ruhr-Universität Bochum sogar auf die innere Zufriedenheit auswirken. So sollen Menschen ein Jahr nach ihrem Eingriff oft ein höheres Selbstwertgefühl haben. Zudem empfinden sie mehr Lebensfreude und Zufriedenheit, was sie auch nach außen hin zeigen. So ein Selbstbewusstsein kommt auch bei anderen Menschen positiv an.

In jedem Fall sollte man sich gut überlegen, ob man diesen Trend unbedingt mitmachen muss. Das eigene Schönheitsempfinden ändert sich mit der Zeit. Was man in jungen Jahren mochte, kann einem schon wenige Jahre später nicht mehr gefallen. Vielleicht möchte man auch in einem Bereich beruflich tätig sein, für den ein solcher Ohrschmuck hinderlich wäre. So kann ein Flesh Tunnel aufgrund von Hygienevorschriften oder Sicherheitsbedenken (z. B. im Handwerk, im Gesundheitswesen oder in der Lebensmittelproduktion) den Weg zu bestimmten Berufen versperren.

Argumente aufbauen

Ein vollständiges Argument besteht aus drei Teilen:

1. Stelle zunächst eine **Behauptung** auf. Das ist ein inhaltlicher Aspekt, der für deinen Standpunkt spricht: *Ein Tattoo sieht nicht mehr gut aus, wenn man z. B. älter wird.*
2. Mit einer **Begründung** erläuterst du deine Behauptung. Erst dadurch wirkt sie glaubwürdig: *Die Haut verändert sich im Laufe der Zeit. Sie wird dünner und schlaffer.*
3. Veranschauliche deine Begründung. Dazu kannst du ein **konkretes Beispiel** oder eine **Folge** nennen. So erhältst du ein stichhaltiges Argument: *Viele Tattoos verlieren z. B. die Farbe und Kontur. Tattoos können dadurch irgendwann ganz anders aussehen.*

5 Welche Argumente enthält der Text (S. 20/21)?
- Unterstreiche die Argumente grün, die **für** einen Flesh Tunnel sprechen.
- Unterstreiche die Argumente rot, die **gegen** einen Flesh Tunnel sprechen.

6 Beziehe Stellung zu der Frage von Khaled:
Soll er sich in den nächsten Wochen Flesh Tunnel machen lassen oder nicht?
Ja, Khaled soll sich Flesh Tunnel machen lassen.
Nein, Khaled soll sich keine …

____

7 Stelle nun die Argumente für deinen Standpunkt zusammen:
a) Arbeite **zwei** Behauptungen und Begründungen für deinen Standpunkt heraus. Trage sie in die Tabelle ein. Die Textschnipsel unten helfen dir dabei.

	Behauptung	Begründung
1.		
2.		

Mit einem Flesh Tunnel fällt man stärker auf und grenzt sich von der Masse ab.

Man geht ein medizinisches Risiko ein.

Man bekommt mehr Selbstbewusstsein.

Man braucht viel Zeit und Geduld.

III b) Arbeite **drei** Behauptungen und Begründungen für deinen Standpunkt heraus.
Veranschauliche sie außerdem mit einem Beispiel oder einer Folge.
Trage deine Argumente in die Tabelle ein.

	Behauptung	Begründung	Beispiel/Folge
1.			
2.			
3.			

8 Formuliere nun die Antwort auf Khaleds E-Mail. Nutze dafür die folgende Seite.
- Schreibe aus der Sicht von Samet.
- Gehe zunächst auf Khaleds E-Mail und seine Frage ein.
- Nenne deinen Standpunkt.
- Führe deinen Standpunkt aus. Nutze dafür die Argumente in deiner Tabelle.
- Verknüpfe die Argumente zu einer Argumentationskette.
- Gib Khaled zum Schluss einen Rat, wie er mit der Situation umgehen kann.
- Orientiere dich an der Checkliste im Schulbuch (S. 93) und am Textgerüst.

Lieber Khaled,

cool, dass du schreibst. Ich kann es auch kaum erwarten, dass die Ferien beginnen. Wir haben uns ja auch einiges vorgenommen, wenn ich dich demnächst besuchen komme. Darauf freue ich mich schon sehr.

Mit deiner Idee hast du mich echt überrascht. Ich habe Flesh Tunnel zwar schon gesehen, mir aber keine weiteren Gedanken dazu gemacht. Dazu musste ich mich erst einmal informieren.

Ich bin der Meinung, dass du …

Eine Ballade inhaltlich und sprachlich untersuchen

1 Betrachte das Bild und lies die Überschrift der folgenden Ballade.
Schreibe auf, wovon die Ballade handeln könnte.

____

____

____

2 Lies nun die Ballade.

Nis Randers

Otto Ernst

Krachen und Heulen und berstende[1] Nacht,
Dunkel und Flammen in rasender Jagd –
Ein Schrei durch die Brandung[2]!

Und brennt der Himmel, so sieht man's gut:
Ein Wrack[3] auf der Sandbank! Noch wiegt es die Flut;
Gleich holt sich's der Abgrund.

Nis Randers lugt – und ohne Hast[4]
Spricht er: „Da hängt noch ein Mann im Mast[5];
Wir müssen ihn holen."

[1] *berstend: auseinanderbrechend; hier zerstörerisch*
[2] *die Brandung: Wellen, die an der Küste aufschlagen und brechen*
[3] *das Wrack: hier die zerstörten Reste eines Schiffes*
[4] *die Hast: die Eile*
[5] *der Mast: senkrechter Balken auf einem Schiff; daran hängen z. B. die Segel*

Schulbuch Seite 104–107

Da fasst ihn die Mutter: „Du steigst mir nicht ein:
Dich will ich behalten, du bliebst mir allein,
Ich will's, deine Mutter!

Dein Vater ging unter und Momme, mein Sohn;
Drei Jahre verschollen[6] ist Uwe schon,
Mein Uwe, mein Uwe!"

Nis tritt auf die Brücke. Die Mutter ihm nach!
Er weist nach dem Wrack und spricht gemach[7]:
„Und seine Mutter?"

Nun springt er ins Boot, und mit ihm noch sechs:
Hohes, hartes Friesengewächs[8];
Schon sausen die Ruder.

Boot oben, Boot unten, ein Höllentanz!
Nun muss es zerschmettern ...! Nein: es blieb ganz! ...
Wie lange? Wie lange?

Mit feurigen Geißeln[9] peitscht das Meer
Die menschenfressenden Rosse[10] daher;
Sie schnauben und schäumen.

Wie hechelnde Hast sie zusammenzwingt!
Eins auf den Nacken des andern springt
Mit stampfenden Hufen!

Drei Wetter zusammen! Nun brennt die Welt!
Was da? – Ein Boot, das landwärts hält –
Sie sind es! Sie kommen! – –

Und Auge und Ohr ins Dunkel gespannt ...
Still – ruft da nicht einer? – Er schreit's durch die Hand:
„Sagt Mutter, 's ist Uwe!"

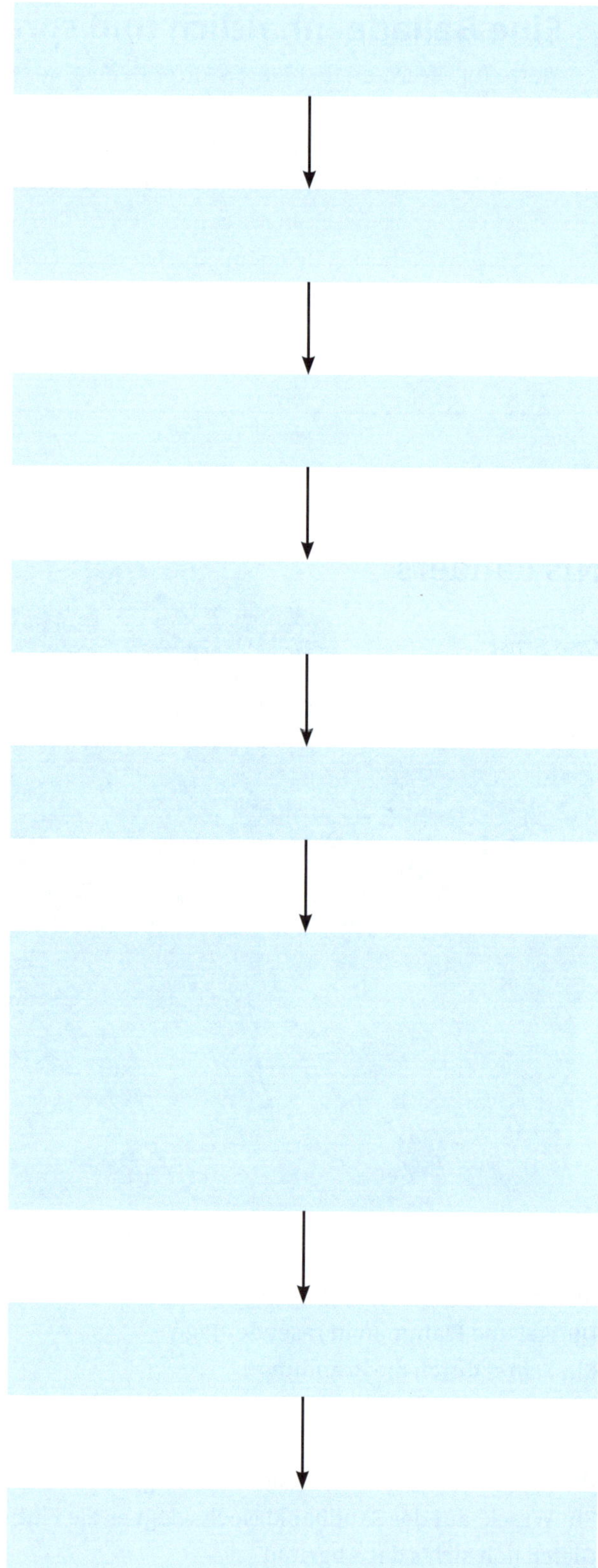

[6] verschollen: verschwunden, nicht zu finden
[7] gemach: ruhig
[8] die Friesen: Menschen, die an der Nordseeküste leben
[9] die Geißel: die Peitsche
[10] die Rosse: die Pferde

3 Lies die Ballade erneut.
Setze für die unterstrichenen Wörter beim erneuten Lesen die Worterklärungen ein.
Krachen und Heulen und berstende Nacht → Krachen und Heulen und zerstörerische Nacht

4 Entscheide, ob die Behauptungen zum Textinhalt richtig oder falsch sind.
a) Korrigiere die falschen Aussagen.
b) Gib Textstellen als Beleg an. Korrigiere die falschen Aussagen.

Aussage	richtig	falsch	Textbeleg
Es ist Nacht.	☐	☐	*Vers 1*
Ein Schiff ist bei dem Unwetter verunglückt. Die Reste liegen noch auf einem Felsen.	☐	☐	
Nis Randers sieht einen Mann im Mast des zerstörten Schiffes.	☐	☐	
Die Mutter drängt ihn, den Mann zu retten.	☐	☐	
Nis Randers' Vater und sein Bruder Momme starben auf der See.	☐	☐	
Nis Randers' Bruder Uwe wird seit fünf Jahren vermisst.	☐	☐	
Nis Randers fährt mit sechs weiteren Männern zum Wrack hinaus.	☐	☐	
Das Unwetter sorgt für einen fürchterlichen Wellengang.	☐	☐	
Der gerettete Mann im Mast ist Nis Randers' Bruder Momme.	☐	☐	

5 Bereite die Ballade für eine Inhaltsuntersuchung vor.
- Markiere die Schlüsselstellen: Wer? Wo? Wann? Was?
- Markiere die wörtliche Rede der Figuren in verschiedenen Farben.
- Verwende gelb für Nis Randers und blau für die Mutter.

6 Stelle den Verlauf der Handlung in einem Flussdiagramm dar.
Trage für jede Strophe in die blauen Kästchen ein: Was passiert? Was machen die Figuren?

Balladen

- Die Ballade vereint Merkmale der Gattungen Dramatik, Epik und Lyrik.
- **Lyrische Merkmale**: Meist sind Balladen in **Strophen** und **Verse** gesetzt. Die Verse **reimen** sich häufig. Es gibt oft **bildhafte Stilmittel** wie Metaphern, Vergleiche und Personifikationen. Sie erzeugen innere Bilder von dem Geschehen. Dadurch kann man mit den Figuren mitfühlen.
- **Epische Merkmale**: Balladen erzählen oft von **außergewöhnlichen Ereignissen**. Den Stoff dafür liefern häufig wahre Geschehnisse. In den Balladen handeln Figuren wie in Geschichten. Sie erleben **Konflikte**, die gelöst werden müssen und die Folgen haben.
- **Dramatische Merkmale**: Es gibt oft eine **spannende Handlung**, die **in Dialogen** vermittelt wird. Es treten häufig mehrere Sprecher auf.

Der Dichter beschreibt die Macht von Sturm und Meer mithilfe von bildhaften Stilmitteln.

7 Was ist mit der Metapher *menschenfressende Rosse* gemeint?
- Lies noch einmal die Verse 25–27.
- Beschreibe das Bild, das vor deinem inneren Auge entsteht. Beachte auch die Illustration.
- Ergänze den Lückentext.

Die Metapher *menschenfressende Rosse* bezieht sich auf ______________________________

________________. Diese rasen über das ______________________.

Sie ______________________ alles, was sich ihnen in den Weg stellt. Es entsteht ein Bild von

______________________________, die Menschen umbringen können. Dadurch wirkt die Situation,

in die sich Nis Randers freiwillig begibt, noch viel ______________________________________.

8 Nenne weitere Wortgruppen in den Versen 25–30, die dieses Sprachbild ergänzen.

____

____

9 Belege, dass es sich bei Nis Randers um eine Ballade handelt. Nutze den Info-Kasten.

a) Weise im Text die **lyrischen** Merkmale (Reime, Strophen, bildhafte Stilmittel) nach.

b) Weise im Text die **epischen** Merkmale (außergewöhnliches Ereignis ...) nach.

c) Weise im Text die **dramatischen** Merkmale (spannende Handlung ...) nach.

____

____

____

____

____

____

Einen literarischen Text begründet beurteilen

1 Lies die Überschrift des folgenden Kapitels von Krabat.
- Wovon könnte der Text handeln?
- Was könnte auf Krabat zukommen? Betrachte dazu auch die Abbildungen auf Seite 30 und 31.

2 Lies den Text. Unterbrich nach jedem Lesestopp und bearbeite die Aufgaben.

Ochsenblaschke aus Kamenz

Otfried Preußler

Nach einem Vierteljahr erfährt Krabat, dass die Mühle in Wirklichkeit eine Schwarze Schule[1] ist. Von nun an unterrichtet der Meister auch Krabat in den dunklen Künsten[2]. Krabat gefällt das, obwohl er sich dem Meister unterwerfen muss ...

Manchmal schickte der Meister die Mühlknappen paarweise oder in kleinen Gruppen mit Aufträgen über das Land, um ihnen Gelegenheit zu verschaffen, die in der Schwarzen Schule erworbenen Kenntnisse anzuwenden. Eines Morgens kam Tonda zu Krabat und meinte: „Heut muss ich mit Andrusch nach Wittichenau auf den Viehmarkt. Wenn du mitkommen magst – der Meister ist einverstanden." „Fein", sagte Krabat. „Das ist mal was anderes als die ewige Müllerei!" Sie schlugen den Waldweg ein, der bei den Neudorfer Teichhäusern auf die Landstraße mündet. [...]

Krabat merkte, dass Tonda und Andrusch Gesichter machten, als ginge es auf die Kirmes. Das konnte nicht nur am schönen Wetter liegen. Andrusch war ja auch sonst ein lustiger Vogel und immer gut aufgelegt; aber dass Tonda vergnügt vor sich hin pfiff, kam selten vor. Zwischendurch knallte er mit dem Ochsenziemer[3]. „Du übst das wohl", meinte Krabat, „damit du es auf dem Heimweg kannst?" „Auf dem Heimweg?" „Ich denke, wir sollen in Wittichenau einen Ochsen kaufen." „Im Gegenteil", meinte Tonda. In diesem Augenblick machte es hinter dem Jungen „Muh!". Als er sich umdrehte, stand da, wo eben noch Andrusch gestanden hatte, ein feister[4] Ochse, rotbunt, mit glattem Fell, der ihn freundlich anglotzte.

„He!", sagte Krabat und rieb sich die Augen. Tonda war plötzlich auch weg. An seinem Platz stand ein altes wendisches Bäuerlein, Bastschuhe an den Füßen, die Leinenhosen vom Knöchel aufwärts mit Riemen verschnürt, einen Strick um den Kittel, die Mütze speckig, den Pelzrand kahl gewetzt.

„He!", sagte Krabat zum zweiten Mal; da klopfte ihm wer auf die Schulter und lachte. Als Krabat herumfuhr, erblickte er Andrusch wieder. „Wo bist du gewesen, Andrusch? Und wo ist der Ochs hin, der eben noch da stand, wo du jetzt stehst?" „Muh!", sagte Andrusch mit Ochsenstimme. „Und Tonda?" Vor Krabats Augen verwandelte sich der Bauer in Tonda zurück. „Ach – so ist das?", meinte der Junge. „Ja", sagte Tonda, „so ist das. Wir werden mit Andrusch Staat machen[5] auf dem Viehmarkt." „Du willst ihn – verkaufen?" „Der Meister wünscht es so." „Und wenn Andrusch geschlachtet wird?" „Keine Bange!", versicherte Tonda. „Verkaufen wir Andrusch, so brauchen wir nur den Kopfstrick zurückzubehalten, an dem wir ihn führen: dann kann er sich jederzeit weiterverwandeln, in welche Gestalt auch immer." „Und wenn wir den Strick aus der Hand geben?" „Untersteht euch!", rief Andrusch. „Dann müsste ich für den Rest meiner Tage ein Ochse bleiben und Heu und Stroh fressen – haltet euch das vor Augen und macht mich nicht unglücklich!"

[1] *Schwarze Schule: eine Schule, in der man dunkle Zauberei lernt*
[2] *dunkle Künste: Zauberei, mit der man anderen Schaden zufügen kann*
[3] *der Ochsenziemer: Schlaggegenstand zum Viehtreiben*
[4] *feist: fett, fleischig*
[5] *Staat machen: Eindruck machen*

A) Warum schickt der Meister seine Mühlknappen immer mal wieder fort?

STOP

B) Welche Mühlknappen machen sich in diesem Kapitel auf den Weg? Trage die Namen der Figuren passend in die Abbildung ein.

C) Wohin wollen die Mühlknappen gehen? Was wollen sie dort?

Tonda und Krabat erregten mit ihrem Ochsen in Wittichenau auf dem Viehmarkt Aufsehen und Bewunderung. Die Viehhändler kamen von allen Seiten herbeigeeilt und umringten sie. [...] Solch einen fetten Ochsen gab es nicht alle Tage: Da hieß es zugreifen, ehe ein anderer einem das schöne Tier vor der Nase wegschnappte!
„Was kostet der Bursche?" Die Händler sprachen von allen Seiten auf Tonda ein, lautstark rückten sie ihm aufs Leder[6]. Der Krause-Fleischer aus Hoyerswerda bot fünfzehn Gulden für Andrusch, der krumme Leuschner aus Königsbrück sechzehn. Tonda schüttelte zu den Angeboten den Kopf. „Bisschen wenig", erklärte er. Bisschen wenig? Er sei wohl nicht recht im Koppe[7]! Ob er sie denn für dumm halte. Dumm oder nicht, meinte Tonda, das müssten die Herren selber am allerbesten wissen.
„Schön", sagte Krause aus Hoyerswerda, „ich geb dir achtzehn." „Für achtzehn behalt ich ihn lieber selbst", brummte Tonda. Er gab ihn auch Leuschnern aus Königsbrück nicht für neunzehn und Neubauers Gustav aus Senftenberg nicht für zwanzig. „Dann lass dich mitsamt deinem Ochsen einkümmeln!", schimpfte der Krause-Fleischer; und Leuschner tippte sich an die Stirn und rief: „Blöd müsst ich sein, mich zu ruinieren! Ich biete dir zweiundzwanzig und dies ist mein letztes Wort."
Es schien so, als habe der Handel sich festgefahren. Da schob sich, bei jedem Schritt wie ein Walross schnaufend, ein unförmig dicker Mann durch die Menge. Sein Froschgesicht mit den runden Glupschaugen glänzte vor Schweiß. Er trug einen grünen, mit Silberknöpfen besetzten Frack, eine protzige Uhrkette über der roten Samtweste und am Gürtel, gut sichtbar für jedermann, eine pralle Geldbörse. Ochsenblaschke aus Kamenz war einer der reichsten und wohl der gerissenste aller Viehhändler weit und breit. Er schob Leuschnern und Neubauers Gustav beiseite, dann rief er mit seiner lauten, polternden Stimme: „Wie kommt denn, zum Kuckuck, der fette Ochs an den dürren Bauern? Ich nehm ihn für fünfundzwanzig." Tonda kratzte sich hinterm Ohr. „Bisschen wenig, Herr ..." „Bisschen wenig? Na hör mal!" [...] Ochsenblaschke schnäuzte sich in ein großes kariertes Taschentuch. „Also siebenundzwanzig, in Teufelsnamen – und her mit ihm!" „Bisschen wenig, Herr." Blaschke lief rot an. „He – wofür hältst du mich? Siebenundzwanzig für deinen Ochsen und keinen Hosenknopp drüber, so wahr ich der Ochsenblaschke aus Kamenz bin!" „Dreißig, Herr", sagte Tonda. „Für dreißig bekommt Ihr ihn." „Das ist Wucher[8]!", rief Blaschke. „Willst du mich auf den Hund bringen?" Er verdrehte die Augen, er rang die Hände. „Hast du kein Herz im Leib? Bist du blind und taub für die Not eines armen Handelsmannes? Lass dich erweichen, Alter, gib mir den Ochsen für acht-

[6] aufs Leder rücken: bedrängen, körperlich sehr nah kommen
[7] Koppe: der Kopf
[8] der Wucher: hier ein Handel, bei dem man einen übertriebenen Preis verlangt

undzwanzig!“ Tonda blieb ungerührt. „Dreißig – und basta! Der Ochs ist ein Prachtstück, den geb ich nicht unterm Preis her. Ihr ahnt nicht, wie schwer ich mich von ihm trenne. Müsste ich meinen eigenen Sohn verkaufen, das könnte nicht schlimmer sein.“ Ochsenblaschke sah ein, dass er hier nicht weiterkam. Aber der Ochs war ein kapitaler[9] Bursche. Wozu also Zeit verschwenden mit diesem wendischen Dickschädel? „Gib ihn schon her, in Dreiteufelsnamen!“, rief er. „Ich hab meinen weichen Tag heut, da lass ich mich um den Finger wickeln, das ist mein Nachteil. Und alles nur, weil ich ein Herz für die armen Leute habe. Die Hand drauf – und topp!“ „Topp!“, sagte Tonda. Dann nahm er die Mütze herunter und ließ sich von Blaschke die dreißig Gulden hineinzählen, Stück für Stück. [...]
Ochsenblaschke nahm Andrusch beim Strick und wollte ihn wegzerren, Tonda jedoch hielt den Dicken am Ärmel zurück. „Was gibt's?“, fragte Blaschke. „Nu ja“, sagte Tonda und tat verlegen. „Bloß eine Kleinigkeit.“ „Nämlich?“ „Wenn der Herr Blaschke so gut wär und möcht mir den Kopfstrick dalassen, tät ich's ihm danken ...“ „Den Kopfstrick?“ „Zum Andenken. Weil der Herr Blaschke doch wissen sollte, wie schwer ich mich von dem Ochsen trenne. Ich geb ihm auch einen Ersatz dafür, dem Herrn Blaschke – damit er ihn wegführen kann, meinen armen Ochsen, der ja nun ihm gehört ...“ Tonda löste den Strick, den er um die Hüften trug. Blaschke erlaubte ihm achselzuckend, ihn gegen den Kopfstrick des Ochsen auszutauschen. Dann rückte der Händler mit Andrusch ab; und kaum war er um die Ecke, da fing er zu schmunzeln an – denn er hatte zwar dreißig Gulden für Andrusch bezahlt und das war ein gesunder Preis: doch in Dresden, da sollte es ihm nicht schwer fallen, diesen Staatsochsen für das Doppelte an den Mann zu bringen, vielleicht auch für mehr.

[9] *kapital: stark, groß*

D) Welches Anfangsgebot bekommt Tonda für den „Ochsen“? Für wie viele Gulden verkauft er den Ochsen?

STOP

E) An wen verkauft Tonda den Ochsen?

F) Wie wird der Käufer im Text beschrieben? Notiere die Wortgruppen aus dem Text.

Unförmig dick, ...

G) Welchen Eindruck hast du von Ochsenblaschke? Findest du ihn eher sympathisch oder unsympathisch? Begründe deine Meinung.

H) Warum möchte Tonda den Kopfstrick des Ochsen tatsächlich behalten?

Am Waldrand hinter den Teichhäusern ließen sich Tonda und Krabat im Gras nieder, um auf Andrusch zu warten. Sie hatten in Wittichenau ein Stück Speck und ein Brot gekauft, davon aßen sie nun. [...] Sie hoben ein Stück von dem Brot und vom Speck für Andrusch auf, wickelten beides in Krabats Kittel ein und beschlossen, sich eine Weile langzulegen. Satt, wie sie waren, und müde vom weiten Weg auf der Landstraße, schliefen sie tief und fest – bis ein „Muh!" sie weckte und Andrusch vor ihnen stand: wieder in Menschengestalt und, soweit sich das sehen ließ, wohlbehalten an Leib und Gliedern. „He, ihr da – es hat schon mal welche gegeben, die haben sich krumm und dumm geschlafen! Habt ihr nicht wenigstens ein Stück Brot für mich?" „Brot und Speck", sagte Tonda. „Setz dich zu uns her, Bruder, und lass dir's schmecken! Wie ist es dir denn ergangen mit Ochsenblaschke?" „Wie wird es mir schon ergangen sein!", brummte Andrusch. „Dass es für einen Ochsen bei dieser Hitze kein reines Vergnügen ist, meilenweit über Land zu trotten und Staub zu schlucken, versteht sich ja wohl von selbst – noch dazu, wenn man's nicht gewöhnt ist. Jedenfalls bin ich nicht böse gewesen, als Blaschke im Osslinger Kretscham einkehrte. ‚Gucke da', ruft Kretschmer, wie er uns kommen sieht, ‚der Herr Vetter aus Kamenz! Wie geht's denn, wie steht's noch immer?' – ‚Gehen tut's leidlich', sagte Blaschke, ‚wenn bloß der Durst nicht so groß wär bei dieser Hitze!' – ‚Dem können wir abhelfen!', meint der Kretschmer. ‚Komm in die Schankstube an den Herrentisch! Bier ist genug im Keller, das schaffst du in sieben Wochen nicht – nicht einmal du schaffst das!' – ‚Und der Ochs?', fragt der Dicke. ‚Mein Dreißigguldenochse?' – ‚Den bringen wir in den Stall, er soll Wasser und Futter haben, so viel er mag!' – Ochsenfutter, versteht sich ..." Andrusch spießte ein großes Stück Speck aufs Messer und schnupperte dran, bevor er es in den Mund schob und fortfuhr: „Sie haben mich in den Stall gebracht, der Kretschmer von Ossling hat nach der Stallmagd gerufen. ‚He, Kathel – versorg mir den Ochsen vom Kamenzer Vetter gut, dass er uns nicht vom Fleisch fällt!' – ‚Schon recht', sagt die Kathel und stopft mir auch gleich einen Arm voll Heu in die Raufe[10]. Da reicht es mir mit dem Ochsenleben und ohne mich lang zu besinnen, sag ich, mit Menschenworten sag ich es: ‚Heu und Stroh könnt ihr selber fressen – ich mag einen Schweinebraten mit Knödeln und Kraut und ein schönes Bier dazu!'" „Ach du grüne Sieben!", rief Krabat. „Und weiter?" „Nu ja", sagte Andrusch. „Die drei sind vor Schreck auf den Hintern gefallen und haben um Hilfe geschrien, als ob sie am Spieße steckten. Da habe ich sie zum Abschied noch einmal angemuht – und dann bin ich als Schwälblein zur Stalltür hinausgesegelt, tschiep-tschiep, das war alles." „Und Blaschke?" „Hol ihn der Teufel samt seinem Viehhandel!" Andrusch griff nach dem Ochsenziemer und wie zur Bekräftigung knallte er wild drauflos. „Ich bin froh, dass ich wieder da bin mit meiner Pockennase!" „Ich auch", sagte Tonda. „Du hast deine Sache gut gemacht – und Krabat, denke ich, wird eine Menge dabei gelernt haben." „Ja!", rief der Junge. „Ich weiß nun, wie spaßig es ist, wenn man zaubern kann!" „Spaßig?" Der Altgesell wurde ernst. „Du magst recht haben – spaßig ist es zuweilen auch." [Text gekürzt]

[10] die Raufe: Gestell für Tiere mit Futter

I) Wo hat sich Andrusch zurückverwandelt?

J) In welcher Gestalt ist Andrusch geflohen?

3 War das nur ein harmloser Streich oder ein Betrug/Verbrechen?
- Schreibe auf, was für einen Streich und was für einen Betrug spricht.
- Markiere dann den Kasten rot, der für dich schwerer wiegt.

Harmloser Streich	Betrug/Verbrechen

4 Auf wessen Seite wird der Leser am Ende wahrscheinlich stehen? Begründe deine Einschätzung.

5 Wie beurteilt Krabat das Erlebnis in diesem Kapitel? Nenne eine passende Textstelle als Beleg.

6 Wie beurteilst du dieses Kapitel von Krabat? Ergänze die folgenden Satzanfänge.

Mir hat das Kapitel gefallen / nicht gefallen / teilweise gefallen, weil …
Die Figur … fand ich besonders gut / weniger gut, denn …
Das Kapitel fand ich lustig / spannend / langweilig / interessant / schwierig, weil …

Produktiv mit einem erzählenden Text umgehen

1 Lies die Überschrift der folgenden Geschichte und sieh dir die Illustration an. Stelle Vermutungen an, worum es in dem Text gehen könnte.

2 Lies den Text.

Der Wahnsinnstyp oder: Während sie schläft

Katja Reider

Verdammt, jetzt ist mein Fuß eingeschlafen! Kein Wunder! Seit über einer Stunde sitze ich hier eingepfercht und bewegungslos wie ein hypnotisiertes Kaninchen auf meinem Fensterplatz in diesem so genannten Großraumwagen. Rechts von mir ein verfetteter Anzugträger, der die Zeitung mit den großen Buchstaben liest, vor mir ein Tisch, den die Welt nicht braucht. Und gegenüber? Gegenüber ... sitzt ER!

Er war mir schon von Weitem aufgefallen. Vorhin, als ich mich mit Sack und Pack durch den schmalen Gang des Wagens schob. Selbst auf gute acht Meter Entfernung hatte mich sein Blick derartig verwirrt, dass ich prompt meine Platznummer vergaß. Diese blöde Nummer, die mir Papa beim Einsteigen in Hannover sogar nochmal laut hinterhergerufen hatte. Voll peinlich! So als wäre ich das erste Mal allein unterwegs. Bin doch kein Baby mehr!

Also, noch mal in die Tasche gegriffen und nach meiner Karte gewühlt! Wagen 6, Platznummer 95 ... Ach ja, klar ... Während die Rollkoffer-Karawane in meinem Rücken mich gnadenlos vorwärts schob, scannten meine Augen die Schildchen über den Sitzplätzen ab. Ah, da: Nr. 95, Fensterplatz mit Tisch. Diesen bescheuerten Platz hätte ich mir selbst nie und nimmer reserviert! Den hatte ich natürlich Mama zu verdanken. („Ist doch praktisch, da kannst du schön dein Brot auspacken und dein Buch ablegen.“)

Vor allem, Mama, kann ich mir den Jungen gegenüber angucken! Das heißt ich könnte ihn angucken, wenn ich mich mal trauen würde, endlich von meinem Buch aufzuschauen. Seit über einer Stunde hocke ich hier und bin zur Salzsäule erstarrt. Das heißt, einmal hab ich was gesagt. Gleich zu Anfang, da habe ich meine Platzkarte in die Runde gehalten und „Nummer 95 – ist das hier?“ gepiepst, so als könnte ich nicht lesen. Oder als müsste ich meinen Anspruch auf den Platz gegenüber von diesem Wahnsinnstyp quasi öffentlich nachweisen. Seitdem bin ich in der Versenkung meines Fensterplatzes verschwunden.

Ach ja, ich glaube, das Schlimmste habe ich noch gar nicht erwähnt. Das Schlimmste ist nämlich nicht, dass ich in Gegenwart von so einem voll süßen Jungen keinen zusammenhängenden Satz mehr rausbringe – nein, das Schlimmste ist, dass der Wahnsinnstyp nicht alleine ist! Neben ihm sitzt ein Mädchen, vielleicht ein bisschen älter als ich, seine Freundin, klar. Ihr Kopf mit den langen blonden Haaren lehnt an seiner Schulter, ihr Atem geht ganz ruhig, nicht mal ihre Wimpern flattern. Sie schläft tief und fest. Schon die ganze Zeit. Und das bei dem Lärmpegel hier!

Bestimmt sind die beiden schon eine Weile zusammen. Ich glaube, wenn man sich erst kurze Zeit kennt, döst man neben so einem tollen Typ nicht einfach ein. Dazu ist doch sicher alles viel zu aufregend und zu kribbelig! Lena, meine ältere Schwester, hat mir jedenfalls in einem ihrer seltenen Anfälle von Offenheit mal anvertraut, dass sie anfangs alles von ihrem Freund wissen wollte – und alles über sich selbst erzählt hat, jede kleine geheime Geschichte: Wie Papa beim Kirschkern-Weitspucken einmal fast erstickt ist, wie ihre beste Freundin vom Reitlehrer erpresst wurde, wie ihre kleine Schwester (ich!) beinahe ertrunken ist ... Natürlich hat Lena nur Geschichten erzählt, in denen sie selbst gut wegkommt. (Papa auf den Rücken gehauen, dass der Kirschkern nur so rausfluppte, dem miesen Reitlehrer vor tausend Leuten die Meinung gegeigt, die Baby-Schwester tapfer den Fluten entrissen.) Alles ziemlich übertrieben übrigens. Aber so ist das am Anfang.

Sagt Lena.

Also, jedenfalls schläft man neben so einem Wahnsinnstyp nicht ein! Ich zumindest hätte auch viel zu viel Angst, dass mir der Sabber aus dem Mund läuft oder dass ich schnarche oder dass ich mit halb offenem Mund einen voll doofen Eindruck mache. All diese Ängste hat die Freundin von dem Wuschelkopf offensichtlich nicht. Braucht sie auch nicht. Sie sieht im Schlaf aus wie ein Engel. Leider. Nein, wirklich, ich kann beim besten Willen nichts Hässliches an ihr finden. Die beiden passen super zusammen.

Der Wahnsinnstyp sitzt ganz ruhig da und liest konzentriert in seinem Buch. Schade, ich kann den Titel nicht genau erkennen! Ich glaube aber, es ist irgendwas mit Außerirdischen. Jungs lesen ja oft so komische Sachen.

Oh, jetzt streicht er seine dunklen Locken nach hinten, um danach nur noch verwuschelter auszusehen. Echt, voll süß! Ich seufze. Anscheinend zu laut. Er schaut plötzlich von seinem Buch auf, genau in meine Augen. Keine Zeit mehr wegzusehen. Himmel, was hat der für Augen! Grün mit kleinen braunen Sprengseln drin. Jetzt grinst er leicht. Oh, Grübchen hat er auch ... nicht auszuhalten! Echt, bei Grübchen werde ich schwach.

Könnte ich jetzt nicht irgendwas sagen? Ich meine irgendwas Lockeres, wahnsinnig Lustiges, das ihm in null Komma nichts deutlich macht, was für eine Ausnahmeerscheinung ihm hier gegenübersitzt? – Pustekuchen. Mein Kopf ist hohl wie eine Kokosnuss. Der Moment ist vorbei. Der Junge wendet sich ab und greift wieder nach seinem Buch. Er bewegt sich dabei ganz vorsichtig, um das schlafende Mädchen an seiner Schulter nicht zu stören. Rücksichtsvoll ist er also auch noch. Unglaublich. Andere Typen würden sich ihren IPod[1] auf die Ohren knallen und die Braut mit Eminem[2] beschallen. Ob's ihr nun passt oder nicht. Wohin die beiden wohl fahren? Bestimmt haben sie irgendwas Supertolles vor, in Köln oder Düsseldorf – und fahren nicht zu einer mittelspannenden Tante nach Bonn-Bad Godesberg wie ich.

Das Leben ist ungerecht. Wo sind wir eigentlich? Der Anzugträger ist in Bielefeld ausgestiegen und der Schaffner – nee, Zugbegleiter heißen die ja inzwischen – hat gerade den nächsten Bahnhof angekündigt. Schon quietschen die Bremsen. Ich sehe raus auf den Bahnsteig. Ah ja, das hier muss Wuppertal sein. Der zugbegleitende Schaffner pfeift. Die letzten Leute drängen zur Tür.

„Au Scheiße!" Wie von der Tarantel gestochen, schießt das blonde Mädchen von gegenüber urplötzlich von ihrem Sitz hoch, greift ihren Rucksack und stürmt grußlos den Gang hinunter. Der Wahnsinnstyp blickt kaum von seinem Buch auf.

WAS?! Jetzt kapiere ich überhaupt nichts mehr! Wieso bleibt denn der Typ hier seelenruhig sitzen? Träumt der, oder was? – Anscheinend mache ich ein derart dämliches Gesicht, dass der Lockenkopf Mitleid mit mir bekommt. Jedenfalls sagt er plötzlich: „Ich kannte sie gar nicht." „Hä?", krächze ich verständnislos.

Lieber Himmel, kann ich bitte, bitte bald einen normalen Satz sprechen?

Seltsam, jetzt wirkt der Junge auch irgendwie verunsichert. So als frage er sich plötzlich, ob mich diese Info überhaupt interessiert. „Das Mädchen!", fügt er erklärend hinzu. „Die Blonde, die hier ... äh ... geschlafen hat." Er zeigte auf seine linke Schulter, als gäbe es im Zug noch hundert andere schlafende Blondinen, die gemeint sein könnten. „Sie hat mir beim Einsteigen in Berlin nur kurz gesagt, dass sie letzte Nacht kaum geschlafen hat, und dann war sie auch schon eingepennt."

„Ach so, klar." Ich grinse und nicke dazu wie ein Hund mit Wackelkopf. „Ist ja verrückt ..."

[1] *IPOD: ein Gerät zum digitalen Abspielen von Musik*
[2] *Eminem: ein US-amerikanischer Rapper*

Okay, ganz ruhig bleiben! Das war schon fast ein ganzer Satz. Ich werde besser ...
Der Junge klappt sein Buch zu – er klappt sein Buch zu!!! Er will mit mir reden!!! – und lächelt.
„Ich fahre nach Bonn, und du?"
„Ich auch. Ich fahre auch nach Bonn."
Wuppertal – Bonn, genaue Fahrzeit mit dem ICE 640 Johannes Brahms: eine Stunde, zwei Minuten.
62 Minuten, um den Wahnsinnstyp zu erobern.
62 Minuten!
Das schaffe ich!!

3 Benenne den Erzähler in der Geschichte. Belege deine Antwort anhand des Textes.

______

4 Welche Erzählform hat die Autorin für den Text gewählt?

______

5 Wo spielt sich die Handlung der Geschichte ab?

______

6 In welchem Zeitraum spielt sich die Handlung der Geschichte ab?

______

7 Lies die blauen Markierungen im Text (Z. 2, Z. 15/16, Z. 49).
Die Autorin beschreibt hier das Verhalten der Erzählerin mit sprachlichen Bildern:
Was erfährt man dadurch über die Erzählerin? Erkläre.

______

______

______

8 Worauf ist das Verhalten der Erzählerin zurückzuführen? Erkläre.

______

9 Warum spricht die Erzählerin den Jungen nicht an? Erläutere.

______

______

10 Was ändert sich, nachdem der Zug in Wuppertal gehalten hat? Erläutere.

______

______

______

11 Der Junge scheint auch Interesse an dem Mädchen zu haben.
Welche Gedanken könnte er sich an den kursiven Stellen über das Mädchen machen?

- Lies den Text noch einmal.
- Halte mögliche Gedanken in dem Cluster fest.

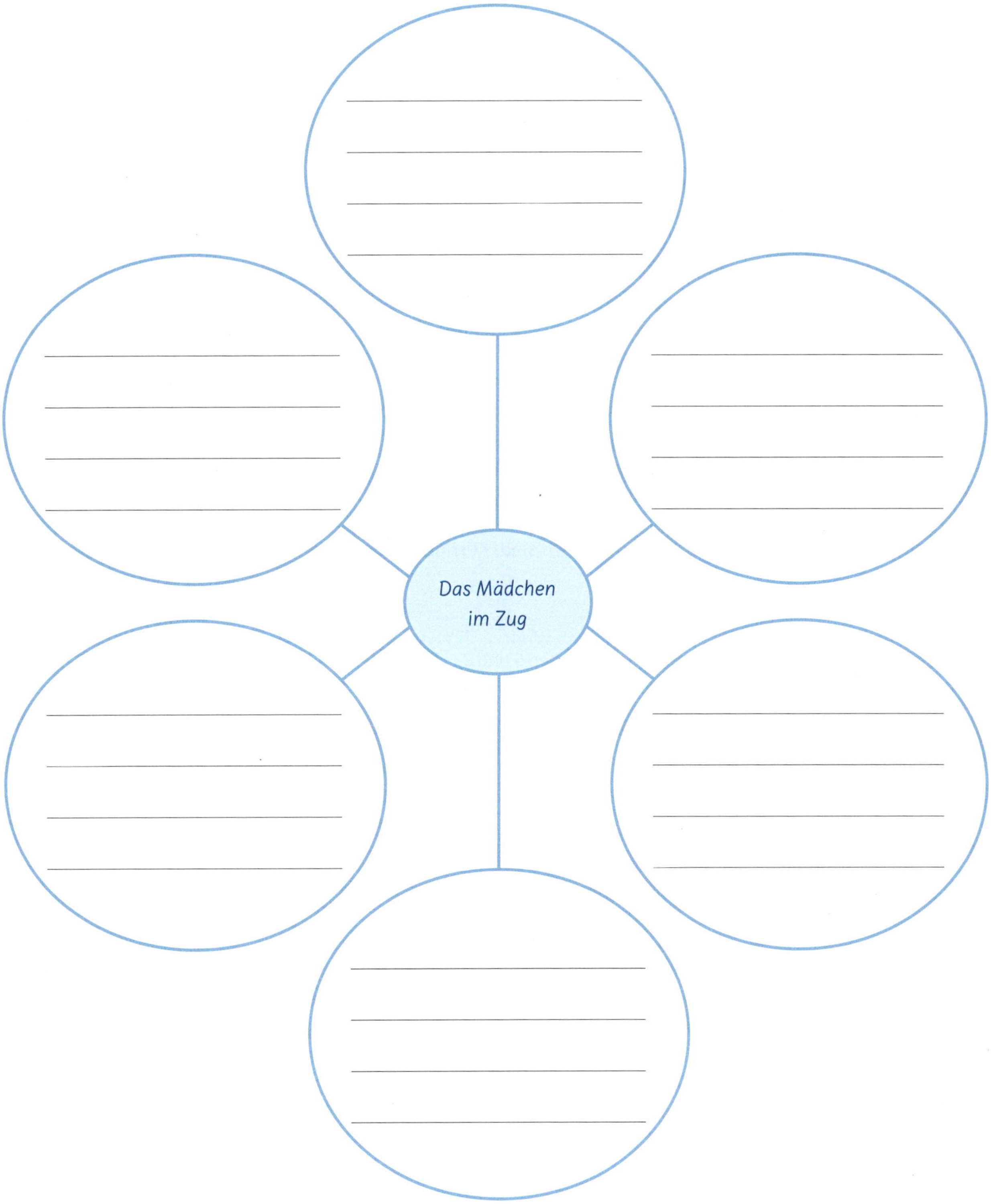

12 Stell dir vor, der Junge ist bei seiner Familie in Bonn angekommen.
Am Abend denkt er an die Reise mit dem ICE zurück.

- Verfasse einen Tagebucheintrag aus der Sicht des Jungen. Gib darin in der Ich-Form wieder, wie er die Reise mit dem ICE und die Begegnung mit dem Mädchen erlebt hat.
- Gehe auch darauf ein, ob er das Mädchen gerne wiedersehen möchte.
- Schreibe in dein Heft.

Einen Gesetzestext verstehen

1 Im Jugendschutzgesetz steht, ob und wann Jugendliche eine Gaststätte (z. B. ein Restaurant, eine Kneipe oder ein Café) besuchen dürfen.
- Lies den Text und markiere weitere wichtige Textstellen.
- Recherchiere unbekannte Wörter und Fachbegriffe.

§ 4 Gaststätten

(1) Der Aufenthalt in Gaststätten darf Kindern und Jugendlichen unter 16 Jahren nur gestattet werden, wenn eine personensorgeberechtigte[1] oder erziehungsbeauftragte[2] Person sie begleitet oder wenn sie in der Zeit zwischen 5 Uhr und 23 Uhr eine Mahlzeit oder ein Getränk einnehmen. Jugendlichen ab 16 Jahren darf der Aufenthalt in Gaststätten ohne Begleitung einer personensorgeberechtigten[1] oder erziehungsbeauftragten[2] Person in der Zeit von 24 Uhr und 5 Uhr morgens nicht gestattet werden.
(2) Absatz 1 gilt nicht, wenn Kinder oder Jugendliche an einer Veranstaltung eines anerkannten Trägers der Jugendhilfe teilnehmen oder sich auf Reisen befinden.

[1] *personensorgeberechtigte Person: die Eltern bzw. Pflegeeltern*
[2] *erziehungsbeauftragte Person: die Person wurde von den Eltern/Pflegeeltern beauftragt, sich um das Kind / den Jugendlichen zu kümmern (mindestens 18 Jahre alt); auch ein Betreuer in der Ausbildung oder bei der Jugendhilfe*

2 Entscheide, ob die Aussagen richtig oder falsch sind. Korrigiere die falsche Aussage unten.

Aussage	richtig	falsch
Kinder und Jugendliche unter 16 Jahren dürfen zwischen 5 und 23 Uhr auch alleine eine Gaststätte besuchen, wenn sie dort etwas essen und trinken.	☐	☐
Jugendliche ab 16 Jahren dürfen eine Gaststätte zu jeder Zeit besuchen.	☐	☐
Kinder und Jugendliche unter 16 Jahren dürfen auch zwischen 24 und 5 Uhr eine Gaststätte besuchen, wenn sie eine Reise machen.	☐	☐

3 Lies die Aussagen über die beiden Jugendlichen. Überprüfe mithilfe der gesetzlichen Regelung, ob die Jugendlichen die Gaststätten besuchen dürfen.

Cem (14 Jahre alt) begleitet seinen älteren Bruder Eymen (17 Jahre). Er trifft sich um 21 Uhr in einer Kneipe mit einem gleichaltrigen Freund.

Lenis Vater feiert in einem Restaurant mit seiner Familie Geburtstag. Die Feier geht bis 2 Uhr nachts. Auch seine Tochter Leni ist dabei (16 Jahre alt).

Einen Zeitungsbericht untersuchen und verstehen

1 Lies den Text.

Klare Regeln: An der Realschule Blaustein gilt striktes Handyverbot

[...]
Das Smartphone muss an der Realschule Blaustein ab der ersten Stunde im Ranzen verschwinden. An der Schule im Alb-Donau-Kreis gilt ein striktes Handyverbot. Richtig so, findet eine internationale Gruppe an Wissenschaftlern, darunter auch von der Universität Ulm. Kinder und Jugendliche bräuchten klare Regeln für die Handynutzung – in der Freizeit sowie in der Schule. [...]

Die dritte Stunde an der Realschule Blaustein im Alb-Donau-Kreis beginnt: Matheunterricht für die 8a. Die Aufmerksamkeit der Schülerinnen und Schüler ist voll und ganz auf Geometrie – auf Oberflächen und Volumen – gerichtet. Ihre Smartphones sind in Rucksäcken und Taschen verstaut. Und das bleiben sie auch, bis zum Unterrichtsende. Denn während des Schultags gilt ein striktes Handyverbot.
„Ich hab mich dran gewöhnt", sagt der 14-jährige Joris. Seine Mitschülerin Lucy findet die Regelung in Ordnung: „Ich finde, man konzentriert sich halt mehr auf den Unterricht. Würde das Handy auf dem Tische liegen, wäre ich sofort abgelenkt."

Vor der ersten Stunde und in der langen Mittagspause dürfen die Smartphones benutzt werden, auch auf dem Schulgelände. Doch während der Unterrichtszeit gilt schon ein Handy in Schülerhand als Regelverstoß. Mögliche Konsequenzen: eine Ermahnung oder eine Strafarbeit. In Wiederholungsfällen zieht die Schule das Gerät sogar ein. [...]
Oliver Däubler, Rektor der Realschule Blaustein, hält diese Regelung für am besten umsetzbar. „Vorher haben wir andere Konzepte ausprobiert, zum Beispiel Handy-Zonen auf dem Schulhof. Doch die Grenzen wurden immer wieder überschritten." Die jetzige Lösung werde weitestgehend von allen Beteiligten akzeptiert. Schülervertretung, Lehrkräfte und Eltern hätten daran mitgewirkt. [...]

Den Umgang mit Handys regelt in Baden-Württemberg jede Schule selbst. Nutzungsverbote sind meist in der Schulordnung festgelegt. Einheitliche Vorgaben oder Gesetze gibt es nicht. Wohl aber Empfehlungen, auch aus der Wissenschaft. Christian Montag, Professor für Molekulare Psychologie an der Universität Ulm, forscht an den Folgen übermäßiger Smartphone-Nutzung für die Entwicklung von Kindern und Jugendlichen. Gemeinsam mit einem internationalen Forscherteam spricht er sich für einen generellen Verzicht von Handys während des Schultages aus. Es gebe Studien, die belegen, dass allein die Präsenz eines Handys häufig ausreicht, die Aufmerksamkeit abzulenken, erklärt Montag. [...]

Neben der Ablenkung vom Unterricht spielen laut Montag auch Cybermobbing, Gewaltdarstellungen und suchtähnliches Verhalten auf Plattformen der Sozialen Medien eine Rolle. Kinder und Jugendliche mit problematischer Social-Media-Nutzung neigten verstärkt zu Depressionen und Angstzuständen. Außerdem würden vermehrt Essstörungen und Selbstverletzungen beobachtet. Der Psychologe rät daher, Kindern und Jugendlichen auch in der Freizeit klare Regeln für Soziale Medien aufzustellen, etwa zeitliche Begrenzungen. Zudem müssten Eltern und Lehrer als Vorbilder dienen und ebenso verantwortungsvoll mit dem Smartphone umgehen. „Gleichzeitig muss die Digitalisierung an Schulen stärker voranschreiten. Jugendliche brauchen Medienkompetenz und müssen früh auf die Herausforderungen der Digitalen Welt vorbereitet werden“, fordert der Wissenschaftler.

So wie in der Realschule Blaustein – denn die strenge Regelung lasse den Lehrkräften auch eine gewisse Freiheit, so Rektor Oliver Däubler. „Und zwar die Freiheit, das Handy als Werkzeug im Unterricht einzusetzen, wenn es denn mal sinnvoll ist.“

[Text gekürzt]

2 Beschäftige dich genauer mit dem Inhalt des Textes.

a) Entscheide, ob die Aussage richtig oder falsch ist.

b) Entscheide, ob die Aussage richtig oder falsch ist. Nenne Textbelege.

Aussage	richtig	falsch	Textbeleg
Die Schüler dürfen Handys nur vor der ersten Stunde und dann erst wieder nach Unterrichtsschluss benutzen.	☐	☐	*Zeile ...*
Wenn man sich nicht an das Handyverbot hält, gibt es eine Ermahnung oder eine Strafarbeit. Bei wiederholten Verstößen kann die Schule das Handy sogar wegnehmen.	☐	☐	
Die Schüler der Realschule Blaustein lehnen das Handyverbot ab.	☐	☐	
In Baden-Württemberg entscheidet jede Schule selbst, ob sie Handys verbietet oder nicht.	☐	☐	
Wissenschaftler fordern ein Social-Media-Verbot für Kinder und Jugendliche in der Freizeit.	☐	☐	

3 Erkläre folgendes Zitat: „Vorher haben wir andere Konzepte ausprobiert, zum Beispiel Handy-Zonen auf dem Schulhof. Doch die Grenzen wurden immer wieder überschritten.“

4 Ordne die Überschriften den Abschnitten im Text zu. Schreibe auf die Linien im Text.

Forscher warnt vor wachsender Gefahr durch zu viel Social Media
Keine einheitlichen Regelungen für Handyverbote im Land
Striktes Handyverbot während der Unterrichtszeit
Bei Verstoß wird Handy von der Schule eingezogen

5 Welche Argumente werden im Text für das Handyverbot genannt? Markiere sie blau.

6 Der Text nennt auch ein Argument, weshalb man nicht ganz auf das Handy im Unterricht verzichten sollte. Markiere es im Text gelb.

Meldung, Nachricht und Bericht

- Die Meldung, die Nachricht und der Bericht gehören zu den **journalistischen Textsorten**. Alle haben das Ziel, den Leser zu **informieren**.
- Sie beantworten die wichtigsten **W-Fragen** (Wer? Was? Wo? Wann?) und zeichnen sich durch Sachlichkeit und Neutralität aus. Ihr Hauptunterscheidungsmerkmal ist die Länge:
  - Die **Meldung** ist nur wenige Zeilen lang und beschränkt sich auf die wichtigsten Informationen. (*Wer ist beteiligt? Was ist geschehen? Wann ist es geschehen? Wo ist es geschehen?*)
  - Die **Nachricht** ist etwa eine Zeitungsspalte lang und beleuchtet auch die Hintergründe. (*Warum ist es geschehen?*)
  - Der **Bericht** bietet auch Hintergrundinformationen mit Zitaten und einem Ausblick. Er kann mehrere Spalten lang sein. (*Wie ist es geschehen?*)

7 Wie geht man **an deiner Schule** mit dem Thema Handy um? Erläutere in zwei bis drei Sätzen.

8 Wie bewertest du den Umgang der Realschule Blaustein mit Handys? Begründe deine Meinung.

So kannst du beginnen:
Ich finde es richtig / nicht richtig, dass Handys an der Realschule Blaustein verboten sind, weil …

9 Weise mithilfe des Info-Kastens nach, dass es sich um einen Zeitungsbericht handelt. Belege mit Stellen aus dem Text.

Der Text ist ein Zeitungsbericht, weil …

Die Bausteine einer Werbeanzeige untersuchen

Die Bausteine einer Werbeanzeige

Eye-Catcher: Hier wird die Aufmerksamkeit des Betrachtenden eingefangen. Das Interesse des Betrachtenden soll geweckt werden.
Info-Text: Ein kurzer Text informiert den Betrachtenden über das Produkt. Häufig werden Vorteile des Produkts dargestellt. Es soll der Wunsch entstehen, das Produkt zu besitzen.
Firmenlogo: Ein Symbol, das man mit einer bestimmten Marke oder Firma verbindet.
Slogan: Der kurze, nur aus wenigen Wörtern bestehende Spruch soll sich einprägen.
Kaufanreiz: Hier soll der Betrachtende dazu motiviert werden, das Produkt zu kaufen.
Abbildung des Produkts: Das Produkt selbst wird abgebildet.

1 Schau dir die Werbeanzeige an.

Kaufanreiz I

2 Ordne die folgenden Bausteine der Werbeanzeige passend zu.
Tipp: Den Kaufanreiz und den Slogan musst du zweimal zuordnen.

Slogan – Kaufanreiz – Info-Text – Abbildung des Produkts – Firmenlogo

3 Wofür wirbt die Anzeige? Kreuze an:

- ☐ für Fischstäbchen mit leckeren Zusatzstoffen
- ☐ für Fischstäbchen ohne künstliche Zusatzstoffe
- ☐ für die Stiftung Warentest
- ☐ für frisch gefangenen Fisch

4 Beschreibe die farbliche Gestaltung der Werbeanzeige. Arbeite mit den Satzbausteinen.

Im Hintergrund der Werbeanzeige gibt es nur zwei Farben: …
Die Farben sind auffällig / zurückhaltend / knallig / gegensätzlich.
Sie passen gut / nicht gut zu …
Dadurch lenkt nichts ab von …

5 Was ist der Eye-Catcher? Kreuze an. Begründe deine Wahl.

☐ der groß abgedruckte Slogan
☐ der auffällige Farbhintergrund
☐ die Produktabbildung
☐ das Firmenlogo

6 Mit welchen sprachlichen Gestaltungsmitteln arbeitet der Slogan? Kreuze an.
Es sind drei Antworten richtig.

☐ Stabreim-Slogan
☐ Slogan mit einem Befehl
☐ Frage-/Antwort-Slogan
☐ Zwei-Wort-Slogan
☐ Gegensatz-Slogan
☐ Fremdsprachlicher Slogan
☐ Du-/Dein-Slogan
☐ Slogan mit Begründung

7 Was wollen die Werbeleute mit diesem Slogan sagen? Erkläre in wenigen Sätzen.

8 Beurteile, ob du die Werbeanzeige gelungen findest. Begründe deine Meinung.
Schreibe in dein Heft.

Rechtschreibstrategien wiederholen und anwenden

Rechtschreibstrategien

Mithilfe von Rechtschreibstrategien kann man die richtige Schreibung von Wörtern erschließen. Rechtschreibstrategien sind z. B.

- lange und kurze Stammvokale erkennen,
- Silben schwingen,
- Wörter verlängern,
- Wörter ableiten,
- Merkschreibung,
- Wörter zerlegen.

1 Erkläre die Schreibung folgender Wörter mithilfe einer Rechtschreibstrategie oder -regel.

intere**ss**ant ______________________ gli**tz**ern ______________________

die Ka**rr**e ______________________ verwi**rr**t ______________________

das Geh**äu**se ______________________ ve**rr**aten ______________________

2 Bestimme die korrekte Schreibung der unterstrichenen Wörter in den Sätzen 1) bis 6).

- Streiche das falsch geschriebene Wort durch.
- Schreibe die Rechtschreibstrategie oder -regel auf die Zeile unter dem Satz.

1) Die Seite des Dreiecks <u>misst / mist</u> 3,2 Zentimeter.

Beispiel: misst: verlängern → messen; mes sen

2) Beim <u>Klassenausfluk / Klassenausflug</u> erkundeten wir eine <u>Höhle / Höle</u>.

____

3) Der <u>Eisvogel / Eisfogel</u> fällt durch seine blau <u>glänzenden / glenzenden</u> Federn auf.

____

4) Im Sportunterricht <u>zog /zok</u> ich mir eine <u>Zerrung / Zerung</u> zu.

____

5) Mit meiner <u>Kammera / Kamera</u> habe ich <u>geschätzt / geschetzt</u> 100 Fotos gemacht.

____

6) Ich <u>erinnere / erinere</u> mich gern an unsere <u>Wattwanderung / Watwanderung</u>.

____

3 Wähle einen Diktattext und bearbeite ihn.

a) Lies Text A aufmerksam. In jeder Zeile steht die Anzahl der Fehler.
- Markiere die Wörter, die falsch geschrieben sein könnten.
- Überprüfe mithilfe einer passenden Strategie die Fehlerstelle.
- Schreibe die Wörter mit der passenden Strategie richtig auf.

A Weist du, was ein grünes Klassenzimmer ist? 1 F

Merken: ss in der Wortfamilie wird zu ß in Personalform.

Richtik. Es ist Teil der Landesgartenschauen in Baden-Württemberg. 1 F

Klassen aller Jahrgenge könen sich hier zu unterschiedlichen Kursen anmelden. 2 F

Eksperten geben Einblike in verschiedene Themen. 2 F

Jüngere können ganz praktisch arbeiten, zum Beispiel beim Ausäen von Pflanzen. 1 F

Ältere können Gewässer untersuchen und deren wirbelose Bewoner bestimmen. 2 F

b) Lies Text B aufmerksam. Es sind neun Wörter falsch geschrieben.
- Markiere beim Lesen Wörter, die falsch geschrieben sein könnten.
- Überprüfe mithilfe einer passenden Strategie die Fehlerstelle.
- Schreibe die Wörter mit der passenden Strategie richtig auf.

B Seit 1980 findet alle zwei Jare eine Landesgartenschau (Laga) in Baden-Württemberg statt.

Ausrichter dieser Schau sind meist weniger endwickelte Stäte und Gemeinden.

Verschiedene Projekte, wie zum Beispiel die Gestaltung von Parganlagen oder Spielpletzen,

sollen dauerhaft die Lebensquallität der Bewohner ferbessern.

Ein wichtiger Teil der Laga ist das grüne Klassenzimer.

Hier nehmen Kinder und Jugendliche an einem naturbezogenen Unterricht direckt vor Ort teil.

Das und *dass* unterscheiden

i *Das* oder *dass* mit der Ersatzprobe unterscheiden

- Die richtige Schreibung von *das* oder *dass* ermittelt man mit der **Ersatzprobe**:

  welches: *das Buch, das ich dir geliehen habe*

  dieses: *Mein Fahrrad ist das dort.*
- *Dass* kann nicht ersetzt werden: *Ich sehe, dass du traurig bist.*

  Ich sehe, ~~dieses/welches~~ du traurig bist.

1 Arbeite mit den Sätzen 1) bis 3).
- Führe für die unterstrichenen Wörter die Ersatzprobe durch.
- Orientiere dich am Info-Kasten.

welches

1) Das Poster, das ich beim Konzert gekauft habe, hängt an der Wand.

2) Das ist das neueste Poster der Band.

3) Es ist kaum zu glauben, dass das das letzte Konzert war.

2 *Das* oder *dass?* Entscheide mithilfe der Ersatzprobe. Setze dann den richtigen s-Laut ein.

welches

4) Das Schulgebäude, d*as* schon sehr alt ist, wird modernisiert.

5) Ich denke, da___ diese Aufgabe richtig ist.

6) Du magst Rechtschreibung? Meinst du da___ wirklich?

7) Siehst du, da___ das Haus, da___ am See steht, verlassen ist?

8) Da___ es morgen schneit, da___ glaube ich nicht.

9) Das Brot, da___ jetzt noch im Ofen ist, da___ wollen wir später essen.

III **3** Setze in die Lücken *das* oder *dass* ein. Wende vorher die Ersatzprobe an.

Wir hatten schon lange geplant, ______ wir ins Freibad gehen. ______ es dann regnete, war Pech. Aber ______ störte uns nicht. Wir stellten unsere Sachen unter ______ Dach bei den Umkleidekabinen. ______ sollte sie vor der Nässe schützen. Wir sprangen gleich in ______ Wasser, ______ noch warm war. ______ Schwimmbecken war so leer, ______ wir ungehindert mit einem Ball spielen konnten. Leider sahen wir bald, ______ ein Gewitter aufzog. Als ______ erste Donnergrollen zu hören war, verließen wir ______ Bad.

Die richtige Schreibung von Fremdwörtern üben

Fremdwörter

Fremdwörter wurden aus einer anderen Sprache ins Deutsche übernommen. Sie unterscheiden sich in Aussprache und Schreibung (z. B. *Camping*) von deutschen Wörtern. Viele Fremdwörter enthalten typische Wortbausteine, die auf ihre Herkunft verweisen: -iv, -tion, -ieren, …

1 Ergänze die fehlenden Buchstaben in den Fremdwörtern. Benutze ein Wörterbuch.

____ermometer, Displ____, Me____ode, Gen____, Lab__rin____, T___na___er,

Chan___e, Atel____r, d___ten, Re__olu_____n, Cop__ri___t, virtue____, präsent____ren

2 Immer zwei Fremdwörter haben dasselbe Suffix.

- Unterstreiche diese Suffixe. Verwende unterschiedliche Farben.
- Schreibe die Fremdwörter nach Suffixen geordnet auf.
- Ergänze zu jedem Suffix ein weiteres Beispiel.

akzeptieren, Archiv, Attraktivität, Bowling, City, diskutieren, Hobby, Konsument, Konzentration, Mobbing, Motiv, Präsident, Realität, Subtraktion

-ieren: ____________________

- iv: ____________________

-tät: ____________________

-ing: ____________________

-y: ____________________

-ent: ____________________

-ion: ____________________

3 Setze für die Wortgruppen in Klammern passende Fremdwörter ein. Nutze das Wortmaterial.

Bungalow, flexibel, gratis, Picknick, reservieren, T-Shirt

1) Im Sommer trage ich gern ____________ (kurzärmelige Oberteile).

2) Können Sie uns Plätze ____________ (freihalten, bis wir sie in Anspruch nehmen)?

3) Wir erhalten eine Brezel ____________ (ohne zu bezahlen).

4) Beim Reisezeitpunkt sind wir ____________ (angepasst an veränderte Umstände).

5) Dort steht ein ____________ (eingeschossiges Wohnhaus mit flachem Dach).

6) ____________ (mitgebrachte Speisen im Freien essen) ist verboten.

Signale der Großschreibung

Wie ermittle ich die richtige Groß- und Kleinschreibung?

In der deutschen Sprache schreibst du **das erste Wort am Satzanfang** und **alle Nomen groß**.
Signale der Großschreibung sind z. B.

- **Artikelwörter** als Begleiter: *jeder Ort,*
- **Suffixe**: *-heit, -keit, -tum, -schaft, -nis, -ling,*
- **Eigennamen**: *Baden-Württemberg.*

Wenn du nicht sicher bist, ob das Wort ein Nomen ist, mache die **Erweiterungsprobe**.

Kannst du ein **flektiertes Adjektiv vor das Wort setzen**, ist es ein Nomen: *die* *pünktlichen* *Gäste.*

Großschreiben musst du auch

- **besondere Eigennamen** (z. B. Institutionen, Titel, Feier- und Gedenktage): *Deutscher Bundestag, der Heilige Vater, der Erste Mai,*
- **Nomen in festen Wendungen**: *auf Seiten, zu Recht, zu Hilfe.*

Kleinschreiben musst du

- **Nomen, die wie ein Adjektiv gebraucht werden**: *Du bist spitze! Das Fest wird klasse!,*
- **Nomen, die wie eine Präposition gebraucht werden**: *dank, kraft, laut, trotz.*

1 Groß- oder Kleinschreibung?

- Kreuze an, ob die Wörter in Großbuchstaben groß- oder kleingeschrieben werden.
- Begründe deine Entscheidung mithilfe der Signale, einer Regel oder Probe aus dem Info-Kasten.

Beispiel	Groß-schreibung	Klein-schreibung	Begründung
Ich SCHWIMME gern im Meer.			
Mir macht auch TAUCHEN großen Spaß.			
Es gab LAUT Polizei viele Unfälle.			
Wir besuchen den ENGLISCHEN Garten in München.			
Du bist selbst SCHULD an deiner Note.			
Wir wurden zu RECHT gelobt.			
Der ERSTE Mai ist ein Feiertag.			
Am BESTEN gefällt mir diese Hose.			
Du schreibst das Wort genau RICHTIG.			
In der Arbeit ist das ABSCHREI-BEN nicht erlaubt.			
Ich bin im DUNKELN nicht gern allein.			

2 In den folgenden Sätzen sind bis auf den Satzanfang alle Wörter kleingeschrieben.
- Unterstreiche die Wörter, die du großschreiben würdest.
- Markiere die Signale für Großschreibung und wende die Erweiterungsprobe an.
- Schreibe die Sätze richtig auf.

Sie „sehen“ mit den ohren.

____

Sie „fliegen“ mit den händen.

____

Sie hängen kopfüber in höhlen.

____

Ihr leben spielt sich in der dunkelheit ab.

____

3 Verbessere den Text und schreibe die Wörter in Großbuchstaben richtig auf.
Begründe deine Entscheidung mit einer passenden Regel oder Probe wie im Beispiel.

Fledermäuse – lautlose Jäger

Wenn die NACHT anbricht, kommen sie aus ihren VERSTECKEN, z. B. KIRCHTÜRMEN,

die Nacht: die dunkle Nacht, ______________________________

alten BÄUMEN oder FELSSPALTEN und gleiten lautlos durch die DUNKELHEIT.

____

In ORTSCHAFTEN sieht man FLEDERMÄUSE deshalb auch oft in der NÄHE von FRIEDHÖFEN.

____

Fliegen sie schnell und leise auf MENSCHEN zu, um dann in letzter SEKUNDE auszuweichen,

____

jagen sie so manchem BEOBACHTER einen SCHRECKEN ein.

____

Menschen kommen mit ihnen eher selten in BERÜHRUNG,

____

denn die TIERE gehen nachts auf FUTTERSUCHE.

____

Sie fressen vor allem INSEKTEN, einige ARTEN aber auch BLÜTEN und FRÜCHTE.

____

Hartnäckig hält sich das GERÜCHT, dass sie beißen und dadurch KRANKHEITEN übertragen.

____

Durch die ZERSTÖRUNG ihres LEBENSRAUMES sind sie vom AUSSTERBEN bedroht.

____

Getrennt- und Zusammenschreibung

Getrennt- und Zusammenschreibung

In der Regel schreibt man **getrennt**:

a) **Verbindungen aus Nomen und Verb:** *(mit dem neuen) Rad fahren.*
(Erweiterungsprobe möglich)
Aber: Zusammenschreibung, wenn die **Nomen verblasst** sind: *kopfstehen, standhalten ...*

b) **Verbindungen aus Verb und Verb**: *schwimmen gehen.*
Aber: Zusammenschreibung möglich bei **neuer Bedeutung**:
sitzenbleiben (= nicht versetzt werden).

c) **Verbindungen aus Adjektiv und Verb, wenn**
- das Adjektiv **gesteigert oder erweitert** werden kann: *den Kaffee feiner mahlen, sehr fein mahlen,*
- das Adjektiv **mit *sein* verbunden** ist: *schnell sein.*

Aber: Zusammenschreibung bei **neuer Bedeutung**: *jemanden krankschreiben.*

In der Regel schreibt man **zusammen**:

d) **Verbindungen aus Nomen und Adjektiv, wenn**
- der Ausdruck **durch eine Wortgruppe ersetzt** werden kann: *geheimnisvoll → voller Geheimnisse,*
- es ein **Fugenelement** gibt: *leistungsstark.*

Aber: Getrenntschreibung möglich, wenn das Nomen erweitert werden kann:
monatelang → mehrere Monate lang.

e) **Verbindungen aus Adjektiv und Adjektiv, wenn:**
- ein **Adjektiv verstärkt** oder **abgeschwächt** wird: *blitzblank.*
- **zwei gleichwertige Ausdrücke** verbunden werden: *süßsauer.*

1 Kreuze an, ob die Wörter in Großbuchstaben getrennt oder zusammengeschrieben werden. Schreibe die Verbindung dann richtig auf. Beachte die Groß- und Kleinschreibung.

	getrennt	zusammen	richtige Schreibung
Die Klasse ist LEISTUNGSWILLIG.			
Der Aufsatz ist SEITENLANG.			
In der Nacht war es BITTERKALT.			
PFERDESTEHLEN ist eine Straftat.			
Ich kann doch nicht HELLSEHEN!			
Pass auf: Du kannst LEICHTFALLEN!			
Ich möchte heute früher SCHLAFENGEHEN.			
Wir werden an diesem Kurs TEILNEHMEN.			
Sie hat ihren Freund einfach SITZENLASSEN.			
Die Pommes waren SCHWERVERDAULICH.			
Das Essen war MEGASCHARF.			

Verbindungen mit *zusammen-* richtig schreiben

Zusammensetzungen und Wortgruppen mit *zusammen-*

Du schreibst **zusammen**, wenn

- *zusammen-* betont wird, also ein Verbpartikel ist: *zusammenbeißen.*
- *zusammen-* im Aussagesatz nicht allein vor der finiten Verbform stehen kann: ~~*Zusammen werde ich die Zähne beißen.*~~

Du schreibst **getrennt**, wenn

- *zusammen-* so viel bedeutet wie *gemeinsam, gleichzeitig* (Ersatzprobe): *Wir haben im Kino zusammen gelacht. (= gemeinsam lachen)*
- das Verb betont wird: *zusammen lachen.*
- *zusammen-* im Aussagesatz allein vor der finiten Verbform stehen kann: *Zusammen/Gemeinsam haben wir gelacht.*

1 Arbeite mit den Sätzen 1) bis 14):

- Entscheide, ob die Verbindungen mit *zusammen-* getrennt oder zusammengeschrieben werden.
- Schreibe die Wörter in der richtigen Schreibung auf die Linien.

1) Vor der Kirche ist eine Menschenmenge ______________________ zusammen / gelaufen.

2) Manche Wörter muss man ______________________ zusammen / schreiben.

3) Du solltest mal alle deine Sachen ______________________ zusammen / suchen!

4) Wollen wir nicht eine Geschichte ______________________ zusammen / schreiben?

5) Wir beide sollten noch ein Stück ______________________ zusammen / laufen.

6) Wir werden das Buch im Unterricht ______________________ zusammen / lesen.

7) Der Turm wird durch die Sprengung in sich ______________________ zusammen / fallen.

8) Ich musste mein letztes Taschengeld ______________________ zusammen / kratzen.

9) Man muss die einzelnen Teile ______________________ zusammen / setzen.

10) Ob wir uns auf die wackelige Bank ______________________ zusammen / setzen können?

11) Das Pferd wird unter der Last noch ______________________ zusammen / brechen.

12) Wir werden nachher ______________________ zusammen / kommen, um über das Thema zu sprechen.

13) Tina und Arne werden zum Fest ______________________ zusammen / kommen.

14) Dieses Lied müssen wir ______________________ zusammen / singen.

Die Zeichen der direkten Rede setzen

Die Zeichen der direkten Rede

Die direkte Rede besteht aus einem Redesatz und einem Begleitsatz.
Im **Redesatz** steht, **was** einer sagt. Im **Begleitsatz** steht, **wer** es sagt.
Im Einzelnen werden die Rede- und Satzzeichen wie folgt gesetzt:

1. **Vorausgestellter** Begleitsatz: *Er fragte: „Kommst du morgen zu Besuch?“*
2. **Nachgestellter** Begleitsatz: *„Und wann kommt dein Zug?“, fragte er.*
   „Ich komme so gegen vier Uhr“, sagte sie.
3. **Eingeschobener** Begleitsatz: *„Wenn du kannst“, sagte sie, „hol mich ab!“*

1 In den folgenden Witzen fehlen alle Satzzeichen der direkten Rede. Setze sie an den richtigen Stellen ein.

Witze mit Tieren

1 Ein Frosch hüpft in ein Käsegeschäft. Was wünschen Sie fragt die Verkäuferin

Na, was wohl antwortet der Frosch Quaak

2 Eine Frau steht vor einem Gehege im Zoo.

Was würden diese Tiger wohl sagen, wenn sie reden könnten fragt sie ihren Begleiter.

Der sagt Dass sie Leoparden sind

3 Im Wald trifft ein Igel auf einen Wolfshund. Was bist du denn für einer fragt der Igel. Der Gefragte antwortet Ich bin ein Wolfshund Und er fährt fort Mein Vater war ein Wolf und meine Mutter ein Hund Ach so sagt der Igel und geht weiter. Dann trifft er ein anderes Tier. Ich würde gern wissen fragt er was du bist Ich bin ein Ameisenbär antwortet das Tier

Das glaub ich jetzt nicht ruft der Igel.

4 Wohnt hier fragt ein Fremder den Hausmeister ein gewisser Vogel

Jawohl antwortet der Hausmeister im dritten Stock Und er fügt hinzu Heißen tut er aber Sperling

5 Die Lehrerin fragt in der Grundschule Kann mir jemand Tiere nennen, die bei uns nicht vorkommen

Ich ruft Klein-Moritz Dackel Die kommen doch aber bei uns vor sagt die Lehrerin erstaunt

Bei uns aber nicht sagt Klein-Moritz Wenn die sich unterm Bett versteckt haben, dann kannst du rufen und rufen. Die kommen bei uns nicht vor

6 Ein Jäger geht mit seinem Sohn in den Wald. Da sieht der Sohn etwas auf dem Waldboden liegen.

Guck, Vater sagt er da hat ein Hirsch hingeschissen

Der Vater belehrt den Sohn Das heißt Losung

Ach so sagt der Sohn da hat also ein Hirsch seine Losung hingeschissen

Die Zeichen der indirekten Rede setzen

Die Zeichensetzung in der indirekten Rede

Mit der **indirekten Rede** kann man ein Gespräch **indirekt** wiedergeben.
Der Redebegleitsatz bleibt erhalten. Der Redesatz wird zum Nebensatz.
Die indirekte Rede erkennt man an:

- bestimmten redeeinführenden **Verben**: *Mia erzählt, ...*
- der Änderung des Personalpronomens:
  Mia erzählt: „Ich trainiere viel." → Mia erzählt, dass sie viel trainiert.

Oft wird die indirekte Redeteil mit ***dass*** eingeleitet: *Mia erzählt, dass sie gern Sport treibt.*
Das **finite Verb in der indirekten Rede** steht oft im **Konjunktiv I**: *Mia erzählt, dass sie viel trainiere.*
Die indirekte Rede hat die Funktion eines Objektsatzes.

1 Du siehst hier ein weiteres Interview mit der Kugelstoßerin Mia.
Die Sätze stehen einmal in direkter und einmal in indirekter Rede.
Arbeite mit den Satzpaaren.

- Unterstreiche in beiden Sätzen, **wer** etwas sagt.
- Unterkringele, **was** gesagt wird.
- Markiere alle Satzzeichen gelb.
- Markiere die Subjunktion *dass* blau.
- Markiere die finite Verbform in der indirekten Rede grün.

Mia erzählt: „Hinter dieser Leistung steckt ein hartes Training."

Mia erzählt, dass hinter dieser Leistung ein hartes Training steckt.

Lachend fügt sie hinzu: „Man bekommt vom Rollstuhlfahren gute Oberarmmuskeln."

Lachend fügt sie hinzu, dass man vom Rollstuhlfahren gute Oberarmmuskeln bekommt.

„Hat das Werfen im Sitzen Nachteile?", fragt eine Journalistin.

Ob das Werfen im Sitzen Nachteile hat, fragt eine Journalistin.

Mia antwortet: „Mir fehlt die Energie aus dem Drehstoß, den nicht behinderte Sportler haben."

Mia antwortet, dass ihr die Energie aus dem Drehstoß fehlt, den nicht behinderte Sportler haben.

Eine Trainingspartnerin wirft ein: „Ich finde Mias Technik beim Abwurf genial."

Eine Trainingspartnerin wirft ein, dass sie Mias Technik beim Abwurf genial findet.

Der Trainer informiert: „Mia ist für die Teilnahme bei *Jugend trainiert für Paralympics* nominiert."

Der Trainer informiert, dass Mia für die Teilnahme bei *Jugend trainiert für Paralympic* nominiert ist.

2 Du siehst hier ein weiteres Interview mit der Kugelstoßerin Mia.
Die Sätze stehen einmal in direkter und einmal in indirekter Rede. Arbeite mit den Satzpaaren.

- Unterstreiche in beiden Sätzen, **wer** etwas sagt.
- Unterkringele, **was** gesagt wird.
- Markiere alle Satzzeichen gelb.
- Markiere die Subjunktion *dass* blau.
- Markiere die finite Verbform in der indirekten Rede grün.

Mia erzählt: „Hinter dieser Leistung steckt ein hartes Training."

Mia erzählt, dass hinter dieser Leistung ein hartes Training stecke.

Lachend fügt sie hinzu: „Man bekommt vom Rollstuhlfahren gute Oberarmmuskeln."

Lachend fügt sie hinzu, dass man vom Rollstuhlfahren gute Oberarmmuskeln bekomme.

„Hat das Werfen im Sitzen Nachteile?", fragt eine Journalistin.

Ob das Werfen im Sitzen Nachteile habe, fragt eine Journalistin.

Sie antwortet: „Mir fehlt die Energie aus dem Drehstoß, den nicht behinderte Sportler haben."

Sie antwortet, dass ihr die Energie aus dem Drehstoß fehle, den nicht behinderte Sportler hätten.

Eine Trainingspartnerin wirft ein: „Ich finde Mias Technik beim Abwurf genial."

Eine Trainingspartnerin wirft ein, dass sie Mias Technik beim Abwurf genial finde.

Der Trainer informiert: „Mia ist für die Teilnahme bei *Jugend trainiert für Paralympics* nominiert."

Der Trainer informiert, dass Mia für die Teilnahme bei *Jugend trainiert für Paralympics* nominiert sei.

Mias Eltern ergänzen: „Zur gleichen Zeit und am gleichen Ort bestreitet ihre Trainingsgruppe Wettkämpfe bei *Jugend trainiert für Olympia*."

Ihre Eltern ergänzen, dass zur gleichen Zeit und am gleichen Ort ihre Trainingsgruppe Wettkämpfe bei *Jugend trainiert für Olympia* bestreite.

Mia sagt: „Mein Ziel ist es, mich gemeinsam mit nicht behinderten Jugendlichen in einem Wettkampf zu messen."

Mia sagt, dass es ihr Ziel sei, sich gemeinsam mit nicht behinderten Jugendlichen in einem Wettkampf zu messen.

„Für diesen Start drücke ich allen die Daumen", verabschiedet sich die Journalistin.

Sie drücke für diesen Start allen die Daumen, verabschiedet sich die Journalistin.

Das Komma bei Infinitivsätzen setzen

Kommasetzung bei Infinitivsätzen

Infinitivgruppen ohne Erweiterung können vom Hauptsatz mit Komma abgetrennt werden:
Jahrtausende träumten Menschen davon (,) zu fliegen.

Infinitivgruppen mit Erweiterung müssen vom Hauptsatz mit Komma abgetrennt werden:
Jahrtausende träumten Menschen davon, zum Mond zu fliegen.
Erweiterung

Infinitivgruppen, die **mit der Subjunktion *als, anstatt, außer, ohne, statt*** oder ***um*** eingeleitet werden, müssen auch mit Komma vom Hauptsatz abgetrennt werden.
Heute fliegen die Menschen selbstverständlich zum Mond, anstatt nur zu träumen.

1 In diesem Text gibt es mehrere Infinitivsätze.
- Markiere in den Infinitivsätzen das Wort *zu* gelb und unterstreiche den Infinitiv danach.
- Markiere eine Erweiterung grün.
- Kreise Subjunktionen ein, die eine Infinitivgruppe einleiten.

Fußballvereine schotten ihre Trainingsplätze immer mehr ab, anstatt ihre Fans zuschauen zu lassen. Um Blicke Neugieriger zu vermeiden, bauen sie hohe Zäune um das Gelände und hängen sie mit Planen zu. Die Fußballvereine haben immer mehr Angst, Strategien an „Fußballspione" zu verraten. Deshalb ist es vielerorts nur noch ein- bis zweimal die Woche möglich, ein öffentliches Training zu beobachten.

2 Bilde aus den dass-Sätzen Sätze mit Infinitivgruppen. Entscheide, ob du Kommas setzen musst.

a) Oft ist es Besuchern nur noch einmal pro Woche erlaubt, dass sie die Stars beim Auslaufen hautnah erleben.

____

____

b) Das Ziel des Trainings, dass sie vernünftig üben, war in der Vergangenheit wegen tausender Fans am Spielfeldrand kaum noch möglich.

____

____

c) Von Fans mitgeschnittene Trainingseinheiten waren Anlass, dass die Übungssituationen veröffentlicht und kommentiert wurden.

____

____

3 Der folgende Satz ist zweimal abgedruckt. Es fehlt jeweils ein Komma.
An welcher Stelle kann das Komma jeweils stehen? Setze die Kommas passend ein.

Er versprach mir diesen Monat einen neuen Fußball zu kaufen.

Er versprach mir diesen Monat einen neuen Fußball zu kaufen.

Das Komma bei Partizipialsätzen setzen

Kommasetzung bei Partizipialsätzen

Partizipialsätze sind **subjektlose Nebensätze.**
Hier wird das Verb zum Partizip I oder II und steht am Ende des Partizipialsatzes.
Manchmal wird der Partizipialsatz auch **erweitert.**

Man kann hier tausende Landkrabben, karmesinrot leuchtend, beobachten.
Erweiterung Partizip

Man trennt Partizipialsätze mit einem Komma vom übrigen Satz ab, wenn

- mit einem **Wort** / einer **Wortgruppe** auf sie **hingewiesen** wird oder sie wieder **aufgenommen** werden: *Auf diese Weise, über den Boden krabbelnd, bewegen sich die Waldbewohner.*
  Über den Boden krabbelnd, auf diese Weise bewegen sich die Waldbewohner.
- sie **nachgestellte Zusätze** oder **Erläuterungen eines Nomens** oder **Pronomens** (Subjekt) sind: *Die Landkrabben, karmesinrot leuchtend, ...*

1 Unterstreiche das Partizip und kreise das Wort ein, auf das sich die Partizipialgruppe bezieht.
Setze in den letzten zwei Sätzen die Kommas.

Den Berblinger Preis der Stadt Ulm, zurückgehend auf Albrecht Ludwig Berblinger, erhielt 2016 ein Team vom Institut für Flugzeugbau der Universität Stuttgart.

Ludwig Berblinger, vielen bekannt als der Schneider von Ulm, war einer der Ersten, der den Gleitflug erprobte.

Während er wahrscheinlich die Thermik falsch einschätzend mit seinem Gleiter in die Donau stürzte, überquerte das moderne Flugzeug sicher die Alpen.

Eine Reichweite von ca. 3 000 km soll das Flugzeug von Morgen mit einem diesel-elektrischen Hybridantrieb ausgerüstet besitzen.

2 Füge die beiden Sätze zusammen. Forme dazu einen Satz in eine Partizipialgruppe um.
Beachte die Kommasetzung.

Die Entwicklung der Universität Stuttgart stellte einen Rekord auf.
Das Flugzeug erreichte eine Geschwindigkeit von 178,1 km/h und legte eine Entfernung von 502,7 km zurück.

Ein viersitziges Passagierflugzeug war 2016 das weltweit Erste seiner Art.
Das Flugzeug startete vom Flughafen Stuttgart.

Das Komma bei Appositionen setzen

Zeichensetzung bei der Apposition

- Die **Apposition** (nachgestelltes Attribut) stimmt in Kasus, Genus und Numerus mit dem Beziehungswort überein. Sie wird vom übrigen Satz durch Kommas abgetrennt:
  Sie, die erste Straßenzeitung, ... (= Nominativ, Femininum, Singular)
- Für die **Datumsangabe** als Sonderfall der Apposition gilt:
  Steht vor dem Datum ***am***, kann der Wochentag im Dativ oder Akkusativ stehen:
  *Am Montag, de**m** oder de**n** 18. Juli 2026.*
  Das **abschließende Komma** wird gesetzt, wenn nach dem letzten Bestandteil der Satz weitergeht:
  Am Montag, den 18. Juli 2026, 14.00 Uhr, findet unsere Feier statt.

1 Unterstreiche die Appositionen im Text. Setze dann die Kommas richtig ein.

Sie die Schokolade war zunächst nur ein Getränk, das die Europäer spanische Eroberer bei den Azteken kennengelernt hatten. Von Spanien aus fand dieses süße Getränk ein Luxusgut in der Neuzeit Eingang in die europäische Küche. Erst 1847 wurde die Schokolade in ihrer heutigen Form der Tafelschokolade erfunden. Durch diese Erfindung konnten nun alle Menschen die Reichen und die Armen Schokolade genießen.

2 Füge die Wortgruppen sinnvoll als Appositionen in die Sätze ein.

einem kleinen Alpenland – ein potentielles Suchtmittel –
Erwachsene mit einem Energiebedarf von 2000 kcal – Tafeln, Pralinen und Pulver

a) In der Schweiz entwickelte man mithilfe von Milchpulver Trinkschokolade.

____

____

b) Heute verzehren Deutsche im Jahr durchschnittlich 11,5 kg Schokolade.

____

____

c) Wissenschaftler empfehlen dem Durchschnittsbürger, maximal 7 g Schokolade am Tag zu essen.

____

____

d) Schokolade wird dann gefährlich, wenn man täglich mehrere Tafeln isst.

____

____

Das Komma in Satzgefügen setzen

Das Komma in Satzgefügen

Satzgefüge bestehen aus einem **Hauptsatz** und **einem Nebensatz oder mehreren Nebensätzen**.
Nebensätze werden durch **Subjunktionen** wie *weil, wenn, falls, während, dass, ob, als, damit, obwohl, da* eingeleitet.
Das **finite Verb** steht **am Ende des Nebensatzes.**
Nebensätze werden von Hauptsätzen durch ein Komma abgegrenzt.
Der Nebensatz kann

- **nach dem Hauptsatz** stehen: *Ich stehe auf, wenn der Wecker klingelt.*
- **vor dem Hauptsatz** stehen: *Wenn der Wecker klingelt, stehe ich auf.*
- **in den Hauptsatz eingeschoben** sein: *Ich stehe, wenn der Wecker klingelt, auf.*

Auch **Relativpronomen** (z. B. der, die das) leiten Nebensätze ein (= Relativsätze).
Der **Relativsatz bezieht sich auf ein vorangegangenes Nomen** und erläutert es genauer:
Der Rennfahrer, der das rote Auto fährt, ist mehrfacher Weltmeister.

Relativsätze werden durch Kommas vom Hauptsatz abgetrennt.

1 Arbeite mit den folgenden Satzgefügen.

- Markiere die Subjunktionen gelb und unterstreiche die finiten Verbformen im Nebensatz.
- Benenne Haupt- und Nebensatz wie im Beispiel.
- Setze die fehlenden Kommas.

a) Obwohl ihr schon viel über die Kommasetzung wisst macht ihr immer wieder Kommafehler.
Nebensatz *Hauptsatz*

b) Das geht auch Erwachsenen so falls sie nicht genau auf die Kommas achten.

c) Da die Kommas für das Lesen eine große Hilfe sind sollte man sich schon um diese bemühen.

d) Ein Text ist nämlich nicht so leicht zu verstehen wenn er keine Kommas enthält.

e) Die Kommasetzung lernt man also vor allem damit man seinen Lesern das Lesen erleichtert.

2 Arbeite mit den folgenden Satzgefügen. Sie bestehen aus Haupt- und Relativsätzen:

- Markiere die Relativpronomen grün und unterstreiche die finiten Verbformen im Relativsatz.
- Setze die fehlenden Kommas.
- Trage den Pfeil zum Bezugswort im Hauptsatz ein.

f) Das Team das gewonnen hatte wurde vom Publikum mit viel Beifall gefeiert.

g) Die Mannschaft die verloren hatte wurde von der Menge ausgepfiffen.

h) Der Stürmer der den Elfer geschossen hatte wurde von dem Trainer besonders gelobt.

i) Doch der Trainer lobte auch jeden einzelnen Spieler der gut gespielt hatte.

3 Arbeite mit den folgenden Satzgefügen.
- Markiere das Relativpronomen *das* und die Subjunktion *dass* mit unterschiedlichen Farben.
- Unterstreiche die finiten Verbformen im Nebensatz.
- Setze die fehlenden Kommas.
- Benenne Haupt- und Nebensatz wie im Beispiel.

I Er ärgerte sich darüber dass er verschlafen hatte.
Hauptsatz *Nebensatz*

F Er ärgerte sich über das Länderspiel das er verschlafen hatte.

E Das ist das letzte Stück Weg das sie immer laufen muss.

R Sie findet es jedes Mal wieder schade dass man dort nicht mehr Rad fahren kann.

K Sie kommt zu spät zu dem Treffen das sie einfach vergessen hat.

H Und sie hat nicht einmal eine Entschuldigung dafür dass sie es vergessen hat.

C Sie schaffte es nach ihrer Krankheit wieder dass sie mit gutem Appetit aß.

S Sie holte ihr Brötchen heraus das sie mit gutem Appetit aß.

4 Füge in die folgenden Sätze *das* oder *dass* ein. Arbeite dann weiter wie in Aufgabe 3.

G Alle seine Freunde wussten ________ Jan beim Fußball einfach nicht verlieren konnte.

M Und tatsächlich, da gab es wieder so ein Spiel ________ Jan einfach nicht verlieren konnte.

I Er hat die große Hoffnung ________ er in Mathe noch besser wird.

L Er hofft einfach auf das nächste Ergebnis ________ bestimmt viel besser wird.

T Sie freuten sich darüber ________ sie am Ende doch noch gewonnen hatten.

Z Sie machten ein fantastisches Spiel ________ sie einfach gewinnen mussten.

5 Wenn du die Buchstaben vor allen dass-Sätzen richtig zusammensetzt, erhältst du ein Lösungswort. ___ ___ ___ ___ ___ ___ ___

6 Schreibe die Sätze I und T so auf, dass der Nebensatz jeweils am Anfang steht. Denke an die Kommas.

____

____

____

7 Lies den Text und markiere alle Wörter, die einen Nebensatz einleiten.
Trage danach alle fehlenden Kommas ein.
Kennzeichne die Haupt- oder Nebensätze wie im Beispiel.

Wusstest du ...?

Wusstest du dass im Januar 2012 im Victoria und Albert Museum in London ein Umhang ausgestellt

Hauptsatz *Nebensatz 1*

wurde der aus Spinnfäden bestand die 80 Menschen fünf Jahre lang gesammelt hatten?

Nebensatz 2 *Nebensatz 3*

Wusstest du dass es bereits im Mittelalter Gewänder aus echter Spinnenseide gab deren Herstellung

so aufwendig war dass nur sehr reiche Menschen sich diese leisten konnten?

Wusstest du dass Spinnenseide viermal belastbarer als Stahl ist und um ein Dreifaches ihrer Länge

gedehnt werden kann ohne dass sie reißt?

Wusstest du dass Spinnenseide die feiner als menschliches Haar ist zum Vernähen von Wunden genutzt

wird weil die Fäden nicht wieder entfernt werden müssen da der Körper sie vollständig abbaut?

Wusstest du dass Wissenschaftler Spinnenseide erforschen damit sie diese für die Züchtung von

neuem Gewebe wie zum Beispiel Haut einsetzen können die Brandopfern implantiert werden kann?

Wusstest du dass künstliche Spinnenseide interessant ist für die

Herstellung schusssicherer Westen die dann besonders leicht sind?

Wusstest du dass Wissenschaftler Spinnenseide für

Implantate nutzen möchten da sie der menschliche

Körper gut verträgt und seltener abstößt?

Personal- und Possessivpronomen

Personal- und Possessivpronomen

- Die **Personalpronomen** *ich (mir, mich), du (dir, dich), wir (uns), ihr (euch)* stehen immer für Personen.
- Die **Personal- oder Textpronomen** *er (ihm, ihn), sie (ihr, sie), es (ihm, es), sie (ihnen, sie)* verweisen auf Nomen/Nominalgruppen: *Ich habe einen neuen Roller. Er ist blau.*
- **Possessivpronomen** wie *mein, sein, dein, unser, euer* zeigen an, wem etwas gehört: *Siehst du den blauen Roller. Das ist meiner.*

1 Im folgenden Gedicht stimmen vier Personalpronomen nicht. Zwei weitere Personalpronomen sind nicht falsch, aber mundartlich gefärbt.
- Markiere die Personalpronomen, die verbessert werden müssen.
- Schreibe das Gedicht mit den verbesserten Pronomen auf.

Liebe im Dialekt

Ick liebe dir,	Ich liebe ______________
und du liebst mir,	______________
uns beide also lieben wir.	______________
Wir beide sehr gefallen mir.	______________
Liebtest du alleine dir,	______________
und liebte ick alleine mir,	______________
dann liebten wir uns nicht.	______________

2 Setze im folgenden Text passende Personal- und Possessivpronomen ein.

Eine Panne

Joe wartete auf Kathinka, denn meistens fuhren __sie__ gemeinsam mit dem Fahrrad zur Schule. Doch gerade heute hatte ________ einen Platten. Kathinka zeigte auf ihr Rad und sagte: „Nimm doch ________ und ________ nehme das Rad meiner Mutter. ________ lassen wir hier erst einmal stehen. ________ mussten unbedingt pünktlich sein, weil die Klasse ein Theaterstück proben wollte. Joe hatte eine wichtige Rolle bekommen. ________ sollte die Rolle des „Großen Königs“ spielen. Leider spielte ____ die Rolle vor Aufregung sehr schlecht. Kathinka schlug daher vor, dass ______ Joes Rolle übernehmen könne. ______ hätten doch sowieso gemeinsam geübt. So spielte Kathinka also mit ihrer Mädchenstimme den „Großen König“.

Demonstrativ- und Relativpronomen

Demonstrativ- und Relativpronomen

- **Demonstrativpronomen** wie *das, dieser, diese, dieses* weisen auf eine bereits bekannte Person oder Sache hin: *Verstehst du das Wort? Das ist Schwäbisch.*
- **Relativpronomen** wie *der, die, das, welcher, …* beziehen Nebensätze auf Nomen oder Nominalgruppen im Hauptsatz: *Verstehst du den Dialekt, den ich spreche?*

1 Lies den Text und unterstreiche Demonstrativ- und Relativpronomen unterschiedlich. Trage den Pfeil vom Pronomen zum Bezugswort ein.

Dialekte

Kennst du das „Herrgottsbescheißerle“? Nein? Dann gehörst du zu den Menschen, die nicht den schwäbischen Dialekt verstehen.

In Baden-Württemberg gibt es drei große Dialekte, die sich in viele kleine Untergruppen aufteilen. Diese unterscheiden sich manchmal schon von Ort zu Ort. Während man im Fränkischen, das im nördlichen Teil des Landes gesprochen wird, einem *Maadla* begegnet, zeigt der, der von einem *Maidle* spricht, dass er eher im Südwesten beheimatet ist, wo das Alemannische zu Hause ist. Das *Mädle* gehört zum schwäbischen Dialekt, der im Osten und im Zentrum Baden-Württembergs zu finden ist.

Weil jene, die Dialekt sprechen, immer weniger werden, hat das Land ein Programm beschlossen, das diesen Sprachschatz bewahren soll. Dialekte sind ein wichtiger Teil unserer Kultur, der erhalten werden muss. In Kitas und Schulen soll dieses Kulturgut von Mundartsprechenden, die den jeweiligen Dialekt beherrschen, vermittelt werden. Außerdem hat das Land einen Wettbewerb ins Leben gerufen, an dem sich Schulen beteiligen können. Diese können Beiträge in den Bereichen Musik, Literatur oder soziale Medien einreichen, die veröffentlicht werden.

Aber kommen wir noch einmal zurück zu den „Herrgottsbescheißerle“, bei denen es sich um die schwäbischen Maultaschen handelt. Früher durften die Menschen in der Fastenzeit, die von Aschermittwoch bis Ostersonntag dauert, kein Fleisch essen. Daher haben sie das Fleisch einfach in einer Teighülle versteckt. Heutzutage gibt es das Gericht, das in ganz Deutschland beliebt ist, auch in vegetarischer Form.

Indefinit- und Reflexivpronomen

Indefinit- und Reflexivpronomen

- **Indefinitpronomen** stehen für Personen und Sachen, die nach ihrer Art und Anzahl nicht näher bestimmt sind. Sie beziehen sich auf **Personen** (*man, jemand, niemand, ...*), **Sachen** (*etwas, nichts, ...*) und **Personen oder Sachen** (*manche, viele, alle, ...*).
- **Reflexivpronomen** wie *mich, dich, uns, euch, sich* zeigen an, dass sich ein Geschehen oder eine Handlung **auf die Handelnden** (Subjekt oder Objekt) **selbst** bezieht:
  Ich stelle mich vor. (= eine Person) *Aber: Ich stelle dich vor.* (= zwei Personen)

1 Setze im folgenden Text alle fehlenden Indefinitpronomen ein. Nutze das Wortmaterial.

etwas, niemand, nichts, ~~alle~~, jemand, gar nichts, man, nichts, etliche

Das Ereignis ist kaum zu glauben. Auf dem Maxplatz hatten sich viele Menschen versammelt. Ich kam auch hinzu. ___Alle___ blickten gebannt zum Dach eines Hauses hinauf. ________ aus der Menge zeigte mit ausgestrecktem Arm auf das Dach und schrie: „Dort oben! Seht doch! Dort oben!" Doch ________ konnte ________ erkennen. Ich sah auch ________. Der in der Mitte schrie immer lauter: „Das glaubt ihr nicht! Doch, der springt gleich!" Doch ________ war zu erkennen. Da ging ich zu dem Schreihals hin und fragte ihn: „Was soll ________ denn dort oben sehen?" Da sagte der Typ: „________! Ich wollte nur mal sehen, wie viele Leute auf mein Geschrei reagieren. Und du siehst ja, ________ tun es."

2 Setze in die Lücken passende Reflexivpronomen ein.

1) An dieser Stelle irrst du ___dich___.

2) Wir interessieren ________ für dieses Projekt.

3) Zieh ________ bitte die Regenjacke an.

4) Sie erholen ________ in den Ferien.

5) Ich ruhe ________ nur ein bisschen aus.

6) Ihr fragt ________ sicher, wohin wir gehen.

7) Ich überlege ________ gut, was ich jetzt mache.

8) Sie stellt ________ den anderen vor.

Die Tempusformen üben

Die Tempusformen im Text

Texte stehen in der Regel in einer **Haupttempusform**.
In **Erzähltexten** und **Berichten** ist das **Präteritum** die Haupttempusform.
In **Beschreibungen** und **Argumentationen** ist es meistens das **Präsens**.
In den meisten Texten kommen aber auch hin und wieder andere Tempusformen vor, wie z. B. das **Perfekt**, das **Plusquamperfekt** oder das **Futur**.

1 Lies die folgende Zeitungsnachricht. Achte dabei auf die Tempusformen.
- Unterstreiche die Verben.
- Schreibe die verwendete Tempusform auf die Zeile.

Mädchen zwei Tage vermisst

Harburg. Die Polizei in Harburg hat fast zwei Tage lang nach einem vierzehn Jahre alten Mädchen gesucht, das seit Dienstagnachmittag spurlos verschwunden war. Die Achtklässlerin hatte sich zu Hause verabschiedet. Sie wollte in einem Geschäft Schulhefte kaufen. In dem Geschäft, das sie sonst immer besuchte, war sie aber nie angekommen. Gestern Vormittag hatte die Polizei daher ein Bild des Mädchens veröffentlicht. Sie leitete damit eine groß angelegte Suchaktion ein. Beamte verteilten in verschiedenen Städten der Umgebung Handzettel mit dem Bild des Mädchens und befragten Passanten.

Perfekt ______
______
______
______
______
______
______
______

2 Trage die Verben in der angegebenen Tempusform ein.

Ein Sprecher der Polizei *sagte* (sagen – Präteritum): „Wir ______ (wenden – Präsens) uns auch auf Facebook mit einer Fahndung an die Öffentlichkeit.“ Man ______ (untersuchen – Präteritum) den Computer des Mädchens, ______ (setzen – Präteritum) einen Hubschrauber und Suchhunde ein und ______ (suchen – Präteritum) die Bahnstrecke zwischen Hamburg und Hannover ab. Am Donnerstag ______ man das Mädchen dann in einem Zug nach Hamburg ______ (entdecken – Perfekt). Eine Zugbegleiterin ______ (erkennen – Präteritum) die Schülerin und ______ (verständigen – Präteritum) die Polizei. Was das Mädchen ______ (vorhaben – Präteritum), ______ man erst nach einer Befragung ______ (wissen – Futur I). Bisher ______ (tappen – Präsens) die Polizei im Dunkeln.

3 In welcher „Haupttempusform“ steht dieser Text?
Schreibe sie hier auf. ______

Verben: Aktiv und Passiv

Aktiv und Passiv

Die meisten Sätze werden im Deutschen im **Aktiv** formuliert.
Die Aktivformen des Verbs stellen die **Handelnden** in den **Vordergrund**.
Im **Passiv** steht das **Geschehen** oder eine **Handlung** des Subjekts **im Vordergrund**.
Hier wird das Akkusativobjekt des Aktivsatzes zum Subjekt:
Aktiv: *Ein Schüler liest Gedichte vor.*
Passiv: *Gedichte werden (von einem Schüler) vorgelesen.*
Das Vorgangspassiv bildet man aus der **finiten Verbform von *werden* + Partizip II**.
Passivformen verwendet man z. B. in informierenden Texten.

1 Arbeite mit den Sätzen 1) bis 8).
- Unterstreiche die Prädikate, die Subjekte und die Objekte in unterschiedlichen Farben.
- Forme dann die Aktivsätze ins Passiv um.
  Entscheide, ob du den Ausdruck mit der Präposition *von* weglassen möchtest oder nicht.

Gedichte vortragen

1) Heute lesen die Schüler im Deutschunterricht Gedichte vor.

Gedichte werden heute ... ______________________________

2) Einige Schüler sprechen dabei einzelne Verse sehr undeutlich.

____

3) Die Zuhörer können manche Wörter gar nicht richtig verstehen.

____

4) Dadurch erzeugen die Sprecher sehr schnell Langeweile.

____

5) Jetzt ruft die Lehrerin eine Schülerin auf.

____

6) Die Sprecherin trägt das Gedicht sehr eindrucksvoll vor.

____

7) Alle bejubeln den Vortrag.

____

8) Die Lehrerin lobt die Schülerin dafür

____

2 Lies dir den Text im Passiv durch. Du wirst merken, dass zu viele Passivsätze in einem Text nicht sehr angenehm wirken. Markiere die Aktivsätze, die dir im Textzusammenhang besser gefallen.

3 Suche dir einen Partner. Lest euch eure Texte gegenseitig vor und vergleicht sie.

Schulbuch Seite 258

Verben: Zustandspassiv

Zustandspassiv

- Man unterscheidet zwei Passivformen: **Vorgangs-** und **Zustandspassiv**.
- Das **Vorgangspassiv** zeigt den Vorgang einer Tätigkeit:
  Das Vorderrad wird ausgebaut. (*werden* + Partizip II = Vorgangspassiv).
- Das **Zustandspassiv** zeigt, was schon passiert ist:
  Das Vorderrad ist ausgebaut. (*sein* + Partizip II = Zustandspassiv)

1 Arbeite mit dem Text.
- Unterstreiche die Prädikate.
- Schreibe hinter jeden Satz, ob er im Aktiv (A), im Vorgangspassiv (VP) oder im Zustandspassiv (ZP) steht.

Fahrradreparatur

Ben baut zuerst das Vorderrad aus (*A*). Dann wird der Reifen von der Felge gezogen (______). Der kaputte Schlauch wird entfernt (______). Nachdem der Riss im Schlauch markiert ist (______), streicht Ben den Klebstoff auf den Schlauch (______). Wenn der Klebstoff angetrocknet ist (______), wird der Flicken auf den Riss geklebt (______). Danach pumpt Ben den Schlauch leicht auf (______). Der Reifen wird auf die Felge gezogen (______). Zum Schluss zieht Ben den Schlauch ein (______) und pumpt ihn völlig auf (______). Erst dann wird das Vorderrad wieder eingebaut (______).

2 Trage alle Verbformen geordnet in die Tabelle ein. Ergänze jeweils die anderen Formen.

Aktiv	Vorgangspassiv	Zustandspassiv
baut aus	*wird ausgebaut*	*ist ausgebaut*

III Modus des Verbs: Konjunktiv I

Konjunktiv I

- Der **Konjunktiv I** ist ein Modus (Aussageweise) des Verbs.
  Man benutzt ihn zur **Wiedergabe** der **direkten Rede** in Form von **indirekter Rede.**
  Die Mutter sagt: „Ich muss einkaufen." → Die Mutter sagt, sie müsse einkaufen.
- Der Konjunktiv I wird gebildet aus: **Präsensstamm** + **Endung -e, -est, -en, -et.**
  müssen: ich müsse, du müssest, er müsse, wir müssen, ihr müsset, sie müssen.
- Der Konjunktiv I kann im **Präsens**, **Perfekt** und **Futur I** gebildet werden:
  sie kaufe ein, sie habe eingekauft, sie werde einkaufen.
- Manchmal sind die Formen des Konjunktiv I und des Indikativs gleich.
  Dann umschreibt man mit *würde: sie kauft ein – sie* würde *einkaufen.*

1 Übertrage die wörtlichen Redesätze in indirekte Redesätze im Konjunktiv I.
Orientiere dich an den Beispielsätzen. Überlege dir, welche Wörter du weglassen willst.

Die Mutter sagte: „Ich komme gerade vom Einkauf."

Die Mutter sagte, sie ______________________________

Der Vater fragte: „Was hast du denn Schönes zum Essen mitgebracht?"

Der Vater fragte, was sie denn ______________________________

Die Mutter antwortete: „Heute gibt es wunderbaren Bratfisch."

Die Mutter antwortete, heute ______________________________

Jonas sagte: „Ich habe die Aufgabe überhaupt nicht verstanden."

Jonas sagte, ______________________________

Marie sagte: „Die ist doch aber ganz leicht!"

Marie sagte, ______________________________

Jonas fragte: „Kannst du mir die Aufgabe nicht erklären?"

Jonas fragte, ob ______________________________

Marie antwortete: „Das tue ich doch gern für dich!"

Marie antwortete, ______________________________

Der Bürgermeister sagte: „Ich habe eine große Überraschung für die Schule."

____

„Der Schulhof wird in den Ferien erneuert."

____

„Zum Spielen steht dann einiges an Geräten zur Verfügung."

____

2 Schreibe den Text so auf, dass nur indirekte Rede im Konjunktiv I darin vorkommt.
Dabei kannst du die wörtliche Rede auch verkürzt wiedergeben.
Beispiel: *Und dann fragte sie ihn, ob er sie denn überhaupt noch liebe.*

Verliebte Augen

Als Johannes aus der Stadt zurückkam, musste er seiner Schwester Rebecca unbedingt etwas erzählen. Er sagte: „Du, ich habe deinen Freund Ronny mit einem anderen Mädchen gesehen. Die hat ihn total verliebt angesehen.“

Am nächsten Tag stellte Rebecca Ronny zur Rede. Sie sagte: „Ich habe gestern erfahren, dass du mit einem Mädchen in der Stadt Eis gegessen hast. Die hat dich ganz verliebt angeschaut.“

Und dann fragte sie ihn:
„Liebst du mich denn überhaupt noch?“

Ronny sagte lachend: „Das ist meine Cousine gewesen. Und das mit dem verliebten Blick kann nur ein Irrtum sein. Du weißt doch, dass ich dich liebe!“

Am Abend fragte Rebecca ihren Bruder:
„Was hast du denn eigentlich gesehen? Das Ganze ist doch wohl ein Irrtum gewesen. Du sagst das doch nur, weil du Ronny nicht leiden kannst.“

Johannes sagte:
„Das ist totaler Unsinn. Ich habe nichts gegen Ronny!

Als Johannes am Nachmittag aus der Stadt zurückkam, musste er seiner Schwester Rebecca unbedingt etwas erzählen.

Er sagte, ______

______

______

Am nächsten Tag stellte Rebecca ihren Ronny zur Rede.

Sie sagte, ______

______

______

______

______

Und dann fragte sie ihn, ______

______

Ronny sagte lachend, ______

______

______

______

______

Am Abend fragte Rebecca ihren Bruder, ______

______

______

______

______

Johannes sagte, ______

______

______

Modus des Verbs: Konjunktiv II

Konjunktiv II

- Mit dem **Konjunktiv II** kann man ausdrücken, dass etwas **in Wirklichkeit nicht geschehen** oder **nicht so ist**. Solche Sätze werden oft mit *wenn* gebildet: *Wenn ich ein Vöglein wär, flög ich zu dir.*
- Den Konjunktiv II bildet man mit dem **Präteritumstamm** + **Endung -e, -(e)st, -en, -(e)t:** *fliegen: ich flöge, du flög(e)st, er flöge, wir flögen, ihr flög(e)t, sie flögen.*
- Der Konjunktiv II kann im **Präteritum** und **Plusquamperfekt** gebildet werden: *er dächte, er hätte gedacht.*
- Der Konjunktiv II kann mit ***würde*** umschrieben werden: *Er würde winken.*

1 Lies den Text erst einmal so durch, wie er da steht.

2 Schreibe die Sätze im Konjunktiv II auf. Dann reimt sich der Text.
Wenn du bei der Bildung des Konjunktiv II unsicher bist, schlage im Wörterbuch nach.

Fromme Wünsche

Wenn das Spiel doch bald beginnen würde	Wenn das Spiel doch bald *begänne*
und wenn unser Team gewinnen würde!	und wenn unser Team ______
Wenn uns doch ein Sieg gelingen würde	Wenn uns doch ______
und der Beifall dann erklingen würde!	und der Beifall ______
Wenn doch endlich einer kommen würde,	Wenn doch endlich ______
mich in seine Arme nehmen würde!	mich in seine ______
Wenn sie nur nicht immer lügen würde	Wenn sie nur nicht ______
und mich mit dem Jan betrügen würde!	und mich ______
Wenn das nur ein Ende finden würde	Wenn das nur ______
und er endlich bald verschwinden würde!	und er endlich ______
Ach, wie gern ich einmal sehen würde,	Ach, wie gern ______
dass was Spannendes geschehen würde!	dass was ______
Wenn der Regen nicht so gießen würde	Wenn der Regen ______
und nicht alles überfließen würde	und nicht alles ______
und die Wolken bald verschwinden würden	und die Wolken ______
und wir in der Sonne stehen würden!	und wir ______

Text- und satzbildende Adverbien

Text- und satzbildende Adverbien

- Mit einigen Adverbien kann man **Sätze und Texte verknüpfen**. Dadurch vermeidet man Wiederholungen. Diese Adverbien werden nach ihrer Funktion unterschieden.
- **Pronominaladverbien** (*dafür, dadurch, dabei, daran, deshalb, …*) werden wie Pronomen verwendet und ersetzen Präpositionalgruppen. Sie beziehen sich nur auf Dinge oder Sachverhalte.
- Einige Pronominaladverbien (*wofür, wodurch, wobei, woran, worauf, weswegen, weshalb*) leiten Nebensätze wie ein Relativpronomen ein.
- **Konjunktionaladverbien** (*deshalb, deswegen, daher, somit, folglich, schließlich, nämlich, trotzdem, …*) verknüpfen Sätze zu Satzreihen. Sie können allein im Vorfeld stehen.

1 Verknüpfe die folgenden Sätze. Ersetze die unterstrichenen Satzbausteine durch die Adverbien in den Klammern. Der Satzbau kann sich dadurch verändern.

April, April

April, April, der weiß nicht, was er will!

Diese Redewendung beschreibt das typische Aprilwetter. <u>Bei diesem typischen Aprilwetter</u> wechseln sich Sonne, Regen oder sogar Schnee und Hagel ständig ab (schließlich).

Dunkle Wolken türmen sich am Himmel auf. <u>Hinter den dunklen Wolken</u> verbirgt sich die Sonne (dahinter).

Dicke Hagelkörner prasseln auf die Erde. <u>Wegen der dicken Hagelkörner</u> flüchtet sich eine Amsel unter ein Dach (weswegen).

Nach ein paar Minuten ist der Spuk vorbei und die Sonne scheint am blauen Himmel. <u>Weil der Spuk nach ein paar Minuten vorbei ist und die Sonne am blauen Himmel scheint</u>, spricht man vom launischen Monat April (deshalb).

Durch die Klimaerwärmung ist der April immer häufiger zu warm und zu trocken. <u>Obwohl durch die Klimaerwärmung der April immer häufiger zu warm und zu trocken ist</u>, sollte man den Regenschirm immer griffbereit haben (trotzdem).

Stellung der Satzglieder im Satz

Stellung der Satzglieder im Satz

1. Im deutschen Satz ist die **Reihenfolge** der Satzglieder **festgelegt**:
   Subjekt – Prädikat – Dativobjekt – Akkusativobjekt.
2. Das liegt daran, dass das Verb die Anzahl und Art der Objekte bestimmt.
   Ich leihe Tanja meinen Taschenrechner.
3. Dativ- und Akkusativobjekt werden getauscht, wenn die Nominalgruppen durch **Pronomen** ersetzt werden: *Ich leihe ihn ihr.*
4. Die Reihenfolge der Satzglieder kann verändert werden, um:
   - einzelne Satzglieder zu betonen.
   - den Zusammenhang zwischen Sätzen herzustellen.
5. Die Personalform des **Prädikats** steht im Hauptsatz immer an der **zweiten Stelle**.

1 Stelle die Satzglieder in den folgenden Sätzen jeweils so um, dass ein besser zusammenhängender Text entsteht. Achtung: Einige Sätze können auch so stehen bleiben.

Ehrlich währt am längsten

1) Der Mensch möchte seinen Kuchen im Prinzip gern teilen.

____

2) Der Mensch will das größte Stück Kuchen für sich selbst aber.

____

3) Er muss sich das manchmal sogar durch Lügen ergattern.

____

4) Ein Experiment zeigte das kürzlich zum Beispiel.

____

5) Die Teilnehmer saßen hier unbeobachtet in einem Raum.

____

6) Sie mussten mit drei Würfeln würfeln.

7) Sie mussten die gewürfelte Augenzahl danach selbst angeben.

8) Sie bekamen Geld je nach Augenzahl.

9) Höhere Beträge wurden bei diesem Experiment nun öfter ausgezahlt als niedrige.

10) Das ist statistisch* aber nicht möglich.

11) Es musste also Betrüger unter den „erfolgreichen“ Teilnehmern gegeben haben.

12) Die wurden für ihre Lügen auch noch belohnt.

13) Das gilt für einen Kaufmann nicht zum Beispiel.

14) Der betrügt seine Kunden nicht.

15) Die Kunden sollen immer ja wiederkommen.

16) Man besucht einen betrügerischen Kaufmann kein zweites Mal.

17) Die Lüge schadet dem Lügner hier also.

18) Das ist in den meisten Fällen so.

19) Nur ehrliche Menschen können ein gelungenes Leben auf lange Sicht führen.

* auf der Wissenschaft „Statistik“ beruhend; diese untersucht z. B., wie wahrscheinlich es ist, dass bestimmte Ereignisse wiederholt passieren

Satzformen

Satzformen

Im Deutschen unterscheidet man drei Satzformen:

Verb**zweit**satz: Das **Vorfeld** ist durch ein Satzglied **besetzt**.
Die **finite Verbform** steht in der **linken Satzklammer**.
Lena liest ein Buch. Was hat Lena gelesen?

Verb**erst**satz: Das **Vorfeld** ist **unbesetzt**.
Das **finite Verb** steht in der **linken Satzklammer**.
Liest Lena ein Buch?

Verb**letzt**satz: Das **finite Verb** steht **am Satzende**.
Diese Satzform ist typisch für **eingeleitete Nebensätze**.
Weil Lena ein Buch liest, ist es ganz still.

1 Unterstreiche in allen Sätzen die Prädikate.

Unfall vor der Schule

a) Gestern passierte vor unserer Schule ein Unfall.

b) Was war geschehen?

c) Ein sechsjähriges Mädchen war plötzlich auf die Straße gelaufen, wobei es von einem Radfahrer gestreift wurde.

d) Ein zufällig vorbeikommender Mann hatte den Unfall beobachtet.

e) Er eilte dem Mädchen sofort zu Hilfe.

f) War es verletzt?

g) Hatte es Schmerzen?

h) Gemeinsam mit einem Schüler hob er das Mädchen auf, als im selben Moment ein Polizeiauto vorbeikam, das sofort anhielt.

i) Der Schüler berichtete dem Polizisten, wie es zu dem Unfall gekommen war.

j) Als sie sahen, dass das Mädchen glücklicherweise nicht verletzt worden war, nahm der Polizist die Adressen von allen dreien auf.

k) Dann haben die Polizisten das Mädchen nach Hause gebracht mit dem Polizeiauto.

Schulbuch Seite 275

2 Trage die Sätze in das Feldermodell ein.
- Beginne mit der Satzklammer.
- Welche Felder sind immer besetzt?
- An welcher Stelle im Satz steht die finite Verbform?

	Vorfeld	linke Satzklammer	Mittelfeld	rechte Satzklammer	Nachfeld
a)	*Gestern*	*passierte*	*vor unserer Schule ein Unfall.*		
b)					
c)					
d)					
e)					
f)					
g)					
h)					
i)					
j)					
k)					

3 Ordne die Sätze den Begriffen Verb**erst**satz, Verb**zweit**satz und Verb**letzt**satz zu. Trage dazu die Kleinbuchstaben in die passende Zeile ein.

Verb**erst**satz: ______________________________

Verb**zweit**satz: *a),* ______________________________

Verb**letzt**satz: ______________________________

Sätze ohne Subjekt

Sätze ohne Subjekt

In manchen Sätzen gibt es kein Satzglied, das mit *wer? / was?* erfragt werden kann.
Es sind **subjektlose Sätze**: *Mir ist schlecht. Heute wird getanzt.*
Daher stehen die **finiten Verbformen** auch in der **3. Person Singular**.
Diese Sätze können mit dem Pronomen *es* als **Platzhalter** ergänzt werden:
Es ist mir schlecht. Es wird heute getanzt.
Sätze ohne Subjekt können sein:

- Sätze **mit unpersönlichen Verben**: *Mir ist schlecht.*
- **Passivkonstruktionen**: *Heute wird getanzt.*

1 Setze die folgenden Sätze ins Passiv.

- Schreibe die Sätze ohne *es* auf.
- Überprüfe, ob Person und Numerus der finiten Verbformen richtig sind (s. Info-Kasten).

1) Einige lästerten über ihre neue Frisur.

____

2) Wir dachten lange über eine Lösung des Problems nach.

____

3) Sie sprechen noch lange über das Konzert.

____

4) Sie müssen mit einer Strafe rechnen.

____

5) Jemand öffnet mir die Tür.

____

2 Verbinde die folgenden Satzanfänge passend.
Schreibe die Sätze dann einmal mit und einmal ohne *es* auf.

Mich	abwechselnd heiß und kalt.
Mir ist	bei dieser Nässe.
Mich friert	dürstet.
Mir ist	vom Busfahren schlecht.

____

____

____

____

Nebensätze als Satzglieder

Nebensätze als Satzglieder

1. Nebensätze können Satzglieder sein, wenn sie die Funktion eines Satzgliedes haben.
2. Der **Subjektsatz** hat die **Funktion eines Subjekts**, das im Hauptsatz fehlt oder mit dem Pronomen *es* ausgedrückt wird. Er kann
   - mit *wer? / was?* erfragt werden: *Was hier gezeigt wird, ist interessant. Was ist interessant?*
   - mit *ob, dass* oder einem W-Fragewort eingeleitet werden: *Ihn freut, dass Lena gekommen ist. Was freut ihn?*
3. Der **Objektsatz** hat die **Funktion eines Objekts**. Er wird:
   - mit einer Objektfrage (*wen? / was?*) erfragt: *Ich sehe, dass du lernst. Ich sehe was?*
   - oft mit *ob, dass, wer, was* eingeleitet: *Ich finde, dass das Geld hier gut angelegt ist. Ich finde was?*

1 Bestimme, ob es sich bei den Nebensätzen um Subjekt- oder Objektsätze handelt.

1) Ich habe genau gesehen, dass du bei mir abgeschrieben hast.

Ich habe was genau gesehen? → Objektsatz

2) Dass wir den Bus verpasst haben, war für uns sehr ärgerlich.

____

3) Wir befürchten, dass sich das Klima noch schneller erwärmt.

____

4) Jemand erzählt mir, wie es zu diesem Unfall kam.

____

5) Ich weiß nicht genau, was ich lernen soll.

____

6) Es freut mich, dass du gekommen bist.

____

2 Verbinde die Satzpaare so, dass der Nebensatz ein Subjekt- bzw. Objektsatz ist. Verbinde Haupt- und Nebensatz mit *dass* oder *ob*.

1) Ich frage mich. Muss ich einen Regenschirm mitnehmen. (Objektsatz)

____

2) Es ärgert mich. Ich habe den Bus verpasst. (Subjektsatz)

____

3) Wir denken darüber nach. Wir gehen zum Baggersee. (Objektsatz)

____

4) Er nimmt an der Fahrt teil. Es ist unklar. (Subjektsatz)

____

Indirekter Fragesatz

Indirekter Fragesatz

- Der **indirekte Fragesatz** ist ein Nebensatz zu einem Verb des Fragens oder Nicht-Wissens:
  ich verstehe / weiß nicht; ich bin mir nicht sicher; ich möchte wissen, ...
- Er wird mit der **Subjunktion** *ob* oder einem **Fragepronomen** eingeleitet:
  Ich weiß nicht, ob das Kino schon geöffnet hat. Ich weiß nicht, wann das Kino geöffnet hat.
- Der indirekte Fragesatz hat die Funktion eines Objektsatzes:
  Ich weiß nicht, ob das Kino schon geöffnet hat. (was?)

1 Wandle die Sätze in indirekte Fragesätze um.
- Unterstreiche in allen Nebensätzen die finite Verbform.
- Markiere die Subjunktionen bzw. Fragepronomen.

1) Er fragt: Was verstehst du bei dieser Aufgabe nicht?

Er fragt, was ich bei dieser Aufgabe nicht verstehe.

2) Sie weiß nicht. Was ist morgen bei der Klassenarbeit dran?

3) Ich überlege. Mache ich in den Ferien ein Praktikum?

4) Wir möchten wissen. Wann kannst du wieder zum Training kommen?

5) Sagen Sie mir bitte. Wie komme ich zum Bahnhof?

6) Weißt du. Wann hat Carlo Geburtstag?

7) Ich weiß noch nicht. Gehe ich morgen mit zum Schwimmen?

8) Wir verstehen nicht. Wie konnte das passieren?

9) Ich frage mich. Wie konntest du so gemein sein?

10) Die Kellnerin fragt. Möchten Sie noch etwas bestellen?

11) Mich interessiert. Kann man diese Frucht mit der Schale essen?

12) Ich bin mir nicht sicher. Ist die Sahne noch genießbar?

Formen von Attributen

Formen von Attributen

Das Attribut ist Teil eines Satzglieds und erläutert in der Regel ein Nomen oder eine Nominalgruppe.
Es kann davor (vorangestelltes Attribut) oder danach (nachgestelltes Attribut) stehen.
Formen des Attributs sind:

- **Adjektivattribut**: *das bunte Bild*
- **Partizipialattribut**: *ein singender Vogel*
- **Präpositionalattribut**: *der Hut **auf** dem Kopf*
- **Genitivattribut**: *das Rad des Freundes*
- **Relativsatz**: *Hunde, die bellen, beißen nicht.*
- **Infinitivsatz**: *Das Paar traut sich nicht, auf den Dachboden zu gehen.*

1 Unterstreiche alle Attribute im Text.

Geräusche auf dem Dachboden

Ein junges Ehepaar war in ein einsam gelegenes Haus auf dem Lande gezogen. Eines Nachts hörte die Frau seltsam klingende Geräusche. Ein lautes Poltern kam vom Dachboden des Hauses. Sie erzählte ihrem Mann davon. Der vermutete, dass es sich wohl um spielende Marder handeln würde. Die Frau gewöhnte sich an das nächtliche Treiben. Sie traute sich aber nicht, die Luke zum Dachboden zu öffnen. Eines Tages stieg sie doch hinauf und erschrak fürchterlich über den Anblick. Überall lagen Essensreste und Flaschen. Schlagartig wurde ihr klar, dass der Müll auf dem Boden von Menschen stammen musste. Die herbeigerufene Polizei konnte nichts mehr tun, denn die „Hausgenossen" des Paares waren verschwunden.

2 Unterstreiche alle Attribute im Text.
Benenne sie dann, indem du die Attributformen unter den Text schreibst.

Geräusche auf dem Dachboden

Ein junges Ehepaar, das zuvor in der Stadt gelebt hatte, war in ein einsam gelegenes Haus auf dem Lande gezo-
Adjektivattribut
gen. Eines Nachts hörte die Frau seltsam klingende Geräusche. Ein lautes Poltern kam von Dachboden des Hauses. Der Mann versuchte, seine Frau zu beruhigen. Er vermutete, dass es sich wohl um spielende Marder handeln würde. Die Frau gewöhnte sich an das nächtliche Treiben. Sie traute sich aber nicht, die Luke zum Dachboden zu öffnen. Als sie es aber doch tat, erschrak sie fürchterlich über den Anblick, der sich ihr bot. Überall lagen Essensreste und Flaschen. Schlagartig wurde ihr klar, dass der Müll auf dem Boden von Menschen stammen musste. Die herbeigerufene Polizei konnte nichts mehr tun, denn die „Hausgenossen" des Paares waren verschwunden.

Satzgefüge untersuchen

Satzgefüge

- Ein Satzgefüge besteht aus mindestens einem Hauptsatz und einem Nebensatz.
- Der Nebensatz beginnt mit einer Subjunktion wie *dass, als, nachdem, da, weil …*
- Im Hauptsatz steht die finite Verbform an zweiter Stelle, im Nebensatz steht sie an letzter Stelle:
  Nachdem eine Segeljacht den Hafen verlassen hatte, kam ihr ein Frachter entgegen.
  Nebensatz *Hauptsatz*

1 Arbeite mit dem folgenden Text:
- Markiere in allen Sätzen die finiten Verbformen gelb.
- Kreise die Subjunktionen ein.
- Unterstreiche Hauptsätze blau und Nebensätze grün.
- Trage die Sätze in das Feldermodell ein. Orientiere dich am Beispiel.

Nachdem eine Segeljacht Wilhelmshafen verlassen hatte, kam ihr ein Frachter entgegen. Die Jacht hatte eben noch in der Bucht gekreuzt, als Spaziergänger an Land auch schon das Unglück kommen sahen. Da die Crew des Seglers plötzlich die Richtung wechselte, rammte der Frachter den Segler. Die Spaziergänger benachrichtigten die Wasserschutzpolizei, damit sie die Segler retten.

Vorfeld	linke Satzklammer	Mittelfeld	rechte Satzklammer
	Als	*eine Segeljacht Wilhelmshaven*	*verließ,*
	kam	*ihr ein Frachter*	*entgegen.*

Komplexe Satzgefüge

In einem Satzgefüge mit mehreren Haupt- und Nebensätzen gibt es unterschiedliche Abhängigkeiten.
Hauptsätze stehen nebeneinander, ohne abhängig zu sein.
Nebensätze können von einem Hauptsatz oder von einem Nebensatz abhängig sein.

***Das Gelände,** das, nachdem es mehrere Tage geregnet hatte, unter Wasser stand,*
HS / Teil 1 NS/RS NS/Temporalsatz NS/RS
verwandelte sich allmählich in eine Feuchtwiese.
HS / Teil 2

2 Arbeite mit dem folgenden Text:
- Markiere in allen Sätzen die finiten Verbformen gelb.
- Kreise die Subjunktionen und Relativpronomen ein.
- Bestimme die Haupt- und Nebensätze.
  Arbeite wie im Beispiel.

Jacht rammt Frachter

Nachdem eine Segeljacht Wilhelmshaven verlassen hatte, kam ihr ein Frachter, der mit Stückgut beladen war,
NS / Temporalsatz Hauptsatz / Teil 1
entgegen. Die Crew hatte eben noch in der Bucht gekreuzt, als mehrere Spaziergänger, die auf dem Deich gingen, das Unglück kommen sahen. Während sich der Frachter der Jacht näherte, ahnte offenbar niemand auf der Jacht, dass sich ein Zusammenstoß anbahnte. Nur die Zuschauer, die beide Schiffe beobachteten, bemerkten, dass etwas nicht stimmte. Und da passierte es tatsächlich, dass der Frachter mit dem Segler in dem Augenblick zusammenstieß, als die Mannschaft des Seglers die Richtung wechselte. Die Spaziergänger benachrichtigten die Wasserschutzpolizei, damit sie die Segler retten.

Die Polizei teilte mit, dass der Mast der 13 Meter langen Segeljacht gebrochen war, während an dem 80 Meter langen Frachter keine Schäden festgestellt wurden. Solange die näheren Umstände nicht geklärt sind, geht die Polizei von menschlichem Versagen aus. Bisher sei nur sicher, dass den Kapitän des Frachters keine Schuld treffe.